文
景

Horizon

社 科 新 知　文 艺 新 潮

走电人

李仪婷

著

上海人民出版社

献给我的父亲　李浩
谢谢你，一直默默守候在戏台下
做我最忠实的读者

走电人

在十三岁之前，我还是个男孩。

那时我阿公经常指着我全身脏兮兮又破烂烂的衣服，说："我做走电是工作，没得选，但是汝一个好好的女孩，却跟男生一样整天爬电线杆，不像话。"

我不太清楚我阿公到底想说什么，因为阿公每次骂完之后，他就会想起他的衣服或工具还挂在村里的某根电线杆上。阿公会用大手把我的头一转，指着村里某一根电线杆："看到呒？"我点点头，然后阿公就会像是拍打小马那样拍打着我的小屁股，说："紧拿下来。"阿公说，不赶快把挂在变电箱上头的东西拿下来的话，电线很容易短路，要是造成整村跳电的话，他就有得忙了。

于是，我又去爬电线杆了。

阿公是个看起来读过很多书的人，但是他的身上却有一股闻起来刺鼻的焦味，村庄里闻过的人，都说："那是电乁[1]味。"

每天，阿公都腰挂修电工具的腰包，胸前绑一条粗麻绳，然后像猴子抱大树那样，利用麻绳一钩一拉，利落地把自己带到电线杆的最顶端。

阿公如果不是在村头的电线杆接电，就是在村尾的电线杆上剪电。每天老旧更新的电线总是很多，所以阿公在电线杆上走电的时间，总是比在地上走路的时间长。

如果村子里所有的电线杆上都找不到阿公，那他肯定是顺着村里电线杆上的电线，走到别的村庄去了。阿公说，做这一行像巡田，只要有电线的地方，都该去巡一巡看一看。但是奇怪的是，阿公走的电，都是私电，

---

[1] 相当于"的"。——本版编者注，下同

没有一条是经过政府盖章保证安全的。

阿公住的村落很热，在屏东靠山的乡下，阿公说，要不是他做的是走电的工作，才不住这个地方，根本不是人住的地方，因为每次别的地方在下雨，这个地方不是出大太阳，就是刮起会咬人的风，把人的皮肤和农作物都咬得烧焦。我问阿公，在那种会把人烧焦的风底下，就适合在电线杆上工作吗？阿公的回答很妙，他嘿嘿笑着说，就是因为这里的太阳很大，电容箱才容易被太阳烧坏，这样他就不怕没有工作可以做了。

这里除了热，就数鸟屎最多。

我们这个村庄，除了有海鸟盘踞，也是赛鸽的必经之地。鸽子从别的城市听到比赛的枪响，啪啪飞出海，然后在海浪最高的海际线折返回来。我不知道那些鸟是怎么把这么复杂的飞行路线，记在葡萄干似的脑子里，也不知道它们飞完全程之后，会不会有人像阿公骂我不像个女孩那样，骂那群鸽子整天只知道飞，无所事事。我只知道鸽子群只要顺着海风，从屏东的海边飞进村庄，天气就会变成阴天，而且很快就会下雨。

这种雨下起来的时候，整个村庄都会变色，不止地面、屋顶，甚至晾在庭院的衣服，只要被雨滴淋到，都会变成绿色，而且其臭无比。

那是鸽子大便。

每次在下大便雨的时候，我都会看见阿公的眼睛在发红。我以为阿公是在生气，就拍拍阿公的背说："天一黑，等鸽子睡觉之后，臭雨就不会再下了。"要他再忍忍。但是阿公却咧着嘴，嘿嘿地说："妹仔，这么好康[1]的雨最好永远不要停。"

鸟大便真是一样不可思议的东西，我原本以为鸟屎应该很令人讨厌，但是我阿公住的村庄，每个人一看到绿色的大便雨来了，就像看到宝。整村的人会带着玉米、锅盖、电网，循着鸟屎，说是要上山慰劳鸽子的辛劳。阿公在还没做走电的之前，不仅是慰劳团的基本团员，还曾经获选好几届的团长，带头上山劳鸽。

---

[1] 闽南方言，指好运气。

　　每次阿公慰劳完鸽子的辛苦之后，都会顺便带几只迷路的鸽子回来。我问阿公，鸽子都是会飞的，有可能迷路吗？那时阿公正在看鸽子脚上的脚环，准备打电话给鸽子的主人，要把鸽子送回到主人的手上，听到我说的话，阿公就用电话敲我的头："把你的手砍断好不好？"我说不要，痛死了，阿公就说："那就对了，你不会飞，都不肯把手砍断，鸽子就算会飞，也是会迷路的。"

　　我没看过像阿公这么有爱心的人，后来我阿公好像因为太有爱心，连同迷路的鸽子一起被请去警察局接受表扬，而且一表扬就是好几天。

　　我阿公从警察局回来的那天，我问他："迷路的鸽子呢？怎么没有一起回来？"阿公脸色很难看，说："它们翅膀硬了，都飞走了。"那天阿公喝了很多酒，最后还爬上电线杆，大骂那群鸽子的主人忘恩负义。我从来没看过阿公喝那么多酒。酒醉的阿公最后还被漏电的高压电电到，整个人倒挂在电线上一整夜，没人发现。

　　大概是从那时候，我阿公身上开始流有电的气味。

我阿公是个有情有义的人，被高压电电到之后，为了感谢高压电没把自己电死，立刻做了走电人。做走电的，每年总是会电死那么三五个人，遇到修大电塔的时候，那就热闹了，一漏电，就是像串烤小鸟一样，电线上经常电死一串人肉棒。

但是说也奇怪，自从阿公在电线杆上喝酒醉，被高压电电到之后，他就再也没被电过了。

我妈怀我那年，走投无路，只好挺着大肚子回到屏东找阿公。我妈一见到阿公，立刻放声大哭，一听到我妈哭，阿公表情古怪地说了句："放心生，有我在。"我妈听到阿公这么说，突然不哭了，瞪了阿公一眼，说："你要养！"

我妈生我的时候，阿公是站在电线杆上，透过窗户，咧着嘴，看着我妈把我生下来的。阿公说，我刚生下来的时候真丑，身体黑黑焦焦的，像是被电火球烧过一样，但是还好模样长得很像他。

我妈把我生下来之后，不知道是因为我长得太丑，还是怎么，隔天一声不响就跑了，把我一个人扔在屏东，不管我了。

后来，我是在阿公背上长大的。

我从来不知道时间是什么东西，所以也不知道自己应该几岁了，我只知道刚开始的时候，阿公可以从我的重量感觉我一天天在长大，等到有一天，我可以从阿公的背袋里爬出来，自己用双手像只猴子在电线杆爬上爬下时，阿公便认定我已经永远长大了。

我没有上学，当我长到应该要去上学的年龄时，隔壁的婶婶当着我的面，皱着眉头对她丈夫说："阿水的查某[1]囝仔真可怜，全家乱乱来，害查某囝仔没办法报户口，也没办法去学校读书。"那时我才知道自己已经到了该上学的年纪了。

没办法上学的日子，我就学阿公爬电线杆，不知道是不是遗传了阿公不怕触电的血液，我从来没被高压电

---

[1] 闽南方言。指女人。

8

电过。

自从阿公自愿地当上走电工之后，就不再去山上慰劳鸽子了。每年当村子里又下起臭雨的时候，我会抬头看着正飞过村庄上空的那群鸽子。那群鸽子必须飞过阿公家后头的大武山，然后沿着山棱线直飞，飞过中央山脉，才能抵达它们出发的起跑点。

每次一想到这群鸽子必须飞这么远才能休息，就觉得它们很笨。这点我阿公比它们聪明多了，因为阿公每次工作，都会在一大早拿着梯子，一边跟邻居抱怨自己命苦，年岁这么大了，还要养孙女，然后一边出门工作。邻居的阿嬷、阿姨、叔叔，听到我阿公这么辛苦，都会跟我说："妹仔，你阿公这么辛苦养你，你长大之后要多孝顺阿公，知呒？"我没说好，也没说不好，只是咧着嘴呵呵地笑。因为我知道只要我一转身回家，就会发现阿公早就爬上村外的电线杆，沿着缆线一路走回家里的二楼睡回笼觉去了。

我第一次发现阿公明明扛着梯子出外工作，一转身又出现在家里的床上时，就问阿公，不是去走电吗？阿公说："阿公是做走电的，又不是做苦力，"阿公敲敲自己的脑袋，"走电是要靠脑子，不是靠力气，要不然迟早被电死，知不知道？"我点点头，又摇摇头。

我觉得阿公讲的话很有他的道理，只是阿公走电的方式跟别人不太一样，别人是只要上级通知哪个地方电路出现问题，无论再怎么困难，都一定要赶到现场维修。但是阿公走电向来独来独往，而且不知道是走电的能力不好，还是能力太好，他走电的区域从没出屏东。阿公说，做人不能贪心，光是屏东就够他赚一辈子了，其他的，就留给别人赚好了。

阿公和别的走电工最不一样的一点是，别人走电都是整天在大太阳底下，做工做到全身虚脱，但是阿公却是每个月固定时间，在阴凉的树下算别人给他的电钱，算到手软。

阿公刚开始做走电的那几年，村庄里到处都听得到大家叫"阿水"的声音。阿水是阿公的名字，只要一听到有人叫他，阿公就会爬上电线杆，在电线上飞奔起来。

阿公说，这个村庄有没有人情，看挂在门外的电表就知道。电表计量越低，人情味就越高，阿公赚的生活费也就相对越多。

不知道从什么时候开始，我经常在夜晚被屋外电缆线发出的滋滋响声给吵醒，其实不只是电流的声音，就连老鼠在天花板尖叫的吱吱声，都会把我吓得不敢睡觉。大概是阿公走电走多了，我总觉得总有那么一天，会有一处正滋滋漏电的高压电，等着阿公去走那么一下。每次一想到有一天阿公可能出门走电，就不会再回来了，我就害怕得爬上二楼的窗户，坐在电线杆上等阿公回来。

在等待的过程中，我会看见我和阿公居住的村庄上空，密密麻麻布满了电线，而且每一处电线交错的地方，随着从海边吹送过来的海风，在暗夜里滋滋地冒着红色的火花，好像预备把整个村庄烧掉。

在高空的电线上走电真是个奇怪的职业，这种随时都有可能会因为触电而死亡的工作，为什么还有人要做？照我阿公的话说，屏东太热了，与其走在柏油路上被太阳晒死，不如做走电，说不定能沿着高压电走到别的地方看一看。

我想阿公真的很适合做走电工，阿公在我十三岁时，先把我从男孩变回女孩，然后捏着我的大腿，嘿嘿地跟我说："妹仔，阿公要去走电了，你好好顾家。""我也要去。"阿公说："走电很危险，你不准走了，再走下去，你总有一天会被电死。"

从那之后，阿公就再也没有回来过了。后来我一个人在屏东的小村庄长大，并且开始像个女人一样地生活。有时候会有新的走电工闯入我家，提醒我是个女人的事实。日子过得痛苦时，我会抬头看看天空上飞过的鸽子，以及天空中交错的高压电。我以为总有一天，我会踩在交错的高压电上，离开这个城镇，但是后来我才知道，高压电除了通向死亡，其实并不通往任何地方。

（本文获2007年第三十届时报文学奖小说奖首奖）

探底

升上中学那年，不知道是我头发颜色太过碍眼，还是造型太过抢眼，我被枪仔盯上了。

枪仔是学校的老大，比我高一个学年，个头却比我矮半截，但是大家心里都清楚，他不应该只长我一年，而是早就该毕业了，但是枪仔却爱死这所学校，根本不急着毕业。

我爸说，这叫软土深掘，能深挖的土壤就能翻出意外的收获，谁会舍得放手。

我不知道学校的土地是不是真的像我爸说的一样有那么软，我只知道我和我爸那时刚搬到新社，对一切都还在适应，对周遭环境也还在融入。

新社是个终年都会起雾的地方，虽然海拔不高，但相对周遭地势，算得上是高山泰斗。因为曾经地震引发走山，因此这里一年到头不是风沙漫漫，就是烟雾袅绕，眼睛一睁开不是看不到就是痛到没办法看。

刚搬来时，我就经常看不清环境而迷路，我跟我爸抱怨，为什么要搬来这里？我爸说，因为现在只有这里是相对低点，我瞪我爸一眼："一会儿说这里地势相对高位，一会儿又说这里是相对低点，你就是这样摇摆不定，我妈才会跟别人跑掉。"我爸一听，一掌从我后脑勺打下去："不肖仔，你以为我愿意，不搬来这里难道要搬去海上？那不是叫我去自杀吗？"

我不知道为什么在这样什么都看不到的环境里，我还会被枪仔盯上，也许他跟我爸一样，练就了一双能在火雾的环境里看中目标物的眼睛。

我爸常说自己是站在巨人肩膀上、活在世界的顶端，以及和全世界的财富接轨的人。不过了解内幕的人都知道，他不过就是活在证券交易所的小办公桌前，整天盯着电脑，心脏跟着全球的财经，一起上下震荡的理财经理人而已。

在新社这样一个小乡镇的证券所上班，是一件很奇怪的事。因为这里的居民为了改造生存方式，全都积极投入花卉的种植，希望能让这里的花田开出市场的红盘。但在成功之前，花农连生活都有问题了，哪里还有钱买卖投资股票。但是我爸却说，有没有钱不是问题，有胆就行了。

我不知道我爸说这话的意思，是不是叫住在这里的人去卖器官赚钱，我只知道我爸说这话的时候，正在电脑前面一边点着烟，一边颤抖着手，操作股票买卖。这天股市开高走低，重创三百多点，来到二十二年来的历史新低。我爸赶在交易时间结束前，将手上所有股票都断头赎回，我爸说要是再这样下去，他真的要去卖器官了。

我爸虽然是理财经理人，但是只有在少数机会下才帮人处理证券交割，其他时间都只是在做股市分析，或者操作自己存簿里所剩不多的存款，以便验收他预测未来走势是否神准。不过跟他相处过的人都知道，他是个观念正确，术语很多，眼光却很少准确的投资经理人。

我爸经常挂在嘴边的一句财经术语是："逢低买进，逢高卖出是废话，逢低融资，逢高融券才是真英雄。"

我爸是不是英雄我不知道，我只知道他为了帮忙宣传新社的花卉农产品，为新社独有的品种花——社子花，制作了一套网页，只要有读者点进网页，瞬间就会启动跳窗装置，开出像海一样湛蓝的社子花。我因为好奇，用我爸的电脑点了一次，后来整个电脑屏幕开出社子花，把我吓傻了，因为直到我想关机睡觉时，它还在那里兀自绽放花海。我问我爸，为什么他设计的宣传网站这么奇怪，他说彻底的毁坏才会变成最珍贵的宝藏，例如长毛象，所以最好的宣传就是巨大的破坏，叫我不懂别乱插嘴。

我照我爸的意思没有再为这件事情跟他顶嘴，我只在班上同学大骂那个网页设计者是个混蛋时，把我爸说过的话一字不差照实说出来，结果我爸隔天就被请去警局网络侦查组，帮忙采收那些不停在电脑屏幕上绽放的社子花束。

我不知道我爸到底在为新社宣传还是在搞破坏，但是可以确信的是，台湾各个角落的网络爱好者都因此认识了新社，也见识了新社花海的壮观与愤恨，他们称开在屏幕上的社子花为"萤毒花海"。

如果拿我爸跟枪仔比起来，他们两个很像，都是在寻找赚钱的渠道和方法。唯一不一样的是，我爸只靠一张嘴和电脑，而枪仔却是拳头紧握，靠肉搏战在校园和街头真枪实弹求生存。换句话说，我爸全身上下活着的地方只有那张嘴，而枪仔则是全身上下都活着。

我就是假日在新社花田游荡时，被枪仔盯上的。

那天因为是休假日，新社涌进了大批的人潮、车潮和摊贩，只为了观赏在网络喧腾一时"萤毒花海"的真面目，因此尽管山里雾茫茫的一片，车子还是一辆接着一辆不分彼此地进入新社。

我不懂朦胧一片的山区花田有什么好看的，但是我爸说，就是因为看不清楚，才有这么多人来，要是都看清楚了，就玩完了。我不服气地说："又不是长得像恐龙的女人，哪有这么容易见光死。"我爸突然拉扯我自豪的头发，说："这个地方不是塌方就是泥石流，还有人愿意在这里生活，难道不是奇迹吗？"我一脸茫然地看着我爸，说："你是输钱喔，输钱有必要这样子吗？"没想到我爸却摸摸鼻子，回我一句："放心，我在探底，一切都在我的掌控之中，倒是你不要太早被枪仔探到你的底，不然你就永远没办法翻身了。"

世界就是这么奇妙，有人在探我的底，就一定有人在等着探另一个人的底，就像我爸在探新社的底一样，我爸在等新社复苏的时机，这样他就可以趁势爬到高点，小捞一笔，但是时机得自己等待、判断。

枪仔盯上我那天，很明白地告诉我，他有的是时间跟我耗，要我识相的话就别反抗。我想他说这话的意思应该是：他吃定我了。他说这话的同时，还把他一只臭脚踩在我的脸上，让我没办法说好，也没办法说不好。

我对于枪仔会盯上我这点感到很疑惑，因为我的个头既不弱小，家里也并不怎么有钱，他到底是看上我哪一点？

我回家跟我爸抱怨这件事的时候，我爸一面盯着电脑上的美股大盘走势，一面回答我："那代表他看好你，你是绩优股，就是有潜力的意思，只是现在你对他来说还太高价，所以他在等你回调变弱以后，再一口把你给吞了。"我跟我爸说，我又不是股票，什么潜力、绩优、高价，关我屁事。我爸头也没回，只是推了推眼镜，继续专注地盯着电脑屏幕，他的眼镜上反射出花花绿绿的一堆数字，像侦探即将侦破案件之前那样绽着反光，他说："你爸分析精辟，预测神准，信不信由你。"

　　我爸说这话的时候，我想起我蹩脚的卡奇制服还没烫，于是赶紧在我爸的书房里清出一块地方，准备将我的卡奇制服烫出理想完美皱褶曲线。

　　我爸不知道假装还是故意，走出书房时竟然从我的制服上踩过去，留下两个拖鞋印。我很生气，用手抓了一撮前额微微烫卷的刘海，用手指上卷子再放开，说："干什么啦！"我爸推推他的方块眼镜，说："年轻人很冲喔，就算想要追低也要衡量口袋的深度，不可以贸然跟进。"我气得把我爸推了一把："烦死了，每天讲术语，你就不能好好说话？你一个月是从股市里赚了几亿？"我爸伸手将我的手一拉，屁股一顶，把我整个人过肩摔，摔出书房。"你很笨呢，这个意思就是不要轻易出手，也不要轻易屈服，这都不懂。"我越想越恼怒，准备跟我爸理论，但是我爸却用手指顶着我的额头，淡淡地说："还有，想赚钱之前，补习费是一定要先缴的，那是一种投资。"我爸说，就像新社人一样，勤奋花农的花田不一定美，但是没钱花农所种出来的花海肯定漂亮，因为他们已经走到绝境，想奋力一搏。

我个头虽然长得还不赖，但是我爸说错了一件事，我根本没胆跟枪仔奋力一搏。虽然枪仔在校园里从来不带武器，但是他说的话就像子弹，不听就死定了。他将枪瞄准我那天，我就很想挣扎，但是一听到他只要我每个礼拜给他一千元，我就可以跟往常一样过日子，我就放弃跟他讨价还价了，因为这点钱我想我爸还付得起。

我跟我爸拿钱想堵住枪仔的子弹时，我爸问我做什么用，我老实跟他说都是因为枪仔，那时我根本不知道我爸所有的资金即将惨遭断头，他面对我的索讨，仍旧装成一副老子是财经专家那样，从皮夹里拿出一千元大钞："钱，可以给他，但是你得设停损点。"我跟我爸说："又不是在玩股票投资，设什么停损点，只要把钱拿给枪仔就没我的事了。"我爸点头："那也可以，只是你要拿什么来跟我换钱？"我笑着说，我要是有东西可以换钱，还用得着跟你拿钱吗？

我爸不以为然，他说："什么都可以换钱，信用、土地、房子都行，就看你敢不敢换。"说完，我爸用手指着新社山区停在花田里停耕的堆肥机说，不然你以为那是怎么来的？我摇头，我爸又说，难道你真的以为他们种花只是为了种出花海？我一脸茫然看着他。我爸用手掌拍着大腿，打出"啪啪"的声响，他说："难道我这样打自己的脚，只为了打出声音？"我还是不懂我爸在说什么，只好对他做了一个无可奈何的表情，他捏着我的脸："笨死了，这样打当然是为了引起别人的注意，懂不懂？"我点点头又摇摇头，我爸摊开手，做出受不了的表情说："把种子撒下去，当然是为了要栽种出人潮来，不然你叫他们怎么活。"

我对于我爸那些论述听得很不耐烦，就像花农对花卉过敏一样，我只想赶快离开让我反感的地方，于是我告诉我爸，我什么都愿意换，我爸则举起手指头，比了个NO的姿势，说："那不叫交换，那叫融资。"我爸把手指换成勾指的动作，一面叫我走向前，一面用手指着电脑上的某一只股票历史走势图，"你知道这是什么吗？"

走势图呈现垂直陡降的险坡曲线，我摇摇头说不知道，他叹了一口气，表情哀伤地说："这是我们的房子。"我笑说："我有那么笨吗？这可以住人吗？"我爸听了我的话，不知道为什么突然发火，拿起计算器，按了一堆数字，然后拿着那排数字敲打我的额头："看清楚、看清楚，这条垂直线代表的就是这么多的钱，就是因为没有设停损点，我们的房子才会回不来，你今天才会搬来新社这个鸟地方，懂不懂。"

我被我爸这么一打，顾不得刘海的塌陷，抱着头夺门而出。我爸叹了口气把我叫回去说："钱很快就会花光，不设停损点，迟早有一天连性命都赔上，不过在那之前，全身上下任何东西都可以像大炼钢那样熔铸变成金钱，但是只有一样不能，那就是尊严。要是你把尊严给熔了，你就等着断头家破人亡吧。"

我爸顿了顿，语气恢复和缓地说："好了，你今天要拿什么来融资？"

那年夏天，股市崩盘，许多人探不了底，纷纷断头，而新社却涌进了来看蓝得无邪的社子花海的壮阔人潮。在那之前，我爸还活着，我也还活着，我们的尊严也都还健在，就连在电脑屏幕上不停启动跳窗舞姿态的社子花海，也依旧绽放。

迷路的水手

我爸是个水手。

我爸的渔船就停泊在基隆渔港附近,他开始当水手的那年,我们就搬到了基隆附近的渔村。我们居住的渔村是一个很奇怪的地方,每天不是下着小雨就是飘着蒙蒙细雨,人看人不是眯着眼睛就是干脆闭着眼睛。在渔村生活,看不看得清楚其实不是很重要,照我爸的话说,一切都要靠想象,就像水手永远看不见海底有什么,所以在这里的人总是想象撒下网就能抓到大鱼,想象赚大钱,想象自己赚了钱有发达的一天。我爸说:"要不然渔村这种地方,谁住得下去。"

　　渔村的道路很多，也很杂，好像随时都会迷路，但是想要在渔村迷路其实很难，因为不管走到哪里，总是会有人指着你家的方向，告诉你，你的家不在这头，而是在另外一头，有时我就会纳闷，大家不是都看不清楚吗？

　　我爸是个很邋遢的人，经常不洗澡，却很喜欢跟人聊天，我从没看过这么爱聊天的人，好像聊天能赚钱似的。在还没当水手之前，他经常在住家附近的市场溜达，跟市场上卖鱼货、卖菜的老板聊天，问今天的菜价、鱼价，有时还免费帮忙叫卖做生意，有他在的摊位，生意都好得不得了。回家的时候，他手上都会带两把青菜萝卜或者蛤蜊海鲜什么的。我爸说，那是他一天跟人讲话下来的工钱，而且重点是，他喜欢市场，因为在市场里，鱼的腥味和大家的汗臭味会让大家闻不出他身上没洗澡的味道，让他很自在。

　　有时我爸爸也自己批货回来卖，他有时候卖手表，有时候卖金针鲍鱼，通常生意都会非常好。照我爸的话说，做生意，只要卖得比别人便宜，管他卖什么，一样会赚钱。

但是后来我爸的货被人没收了，好像就是因为卖得太便宜的缘故，还因此到警局里关了好几天。被放出来时，我只觉得我爸身上的味道更重了，好像在汗臭味之外，还多了尿酸味，真不知道他在警局里到底是用什么水洗澡的。

我爸从警局回到家的那天，我问他："爸，接下来你要卖什么？"我爸瞪了我一眼，说："卖个屁，东西都被拿走了，没得卖了。"那天我爸喝了很多酒，以前我爸也喝酒，每次一喝酒他就会夸奖自己很会讲话，他觉得他这么会讲话，应该当总统才对，但是他又说笨蛋才当总统，因为当总统就不能随便乱说话骗人，那样他会很累。但是那天我爸没有再夸奖自己很会讲话，他只是不停地骂我妈，每次只要心情不好，他就会骂我妈出气。我从没见过我妈，所以我爸骂我妈的时候，我也没什么感觉，我只希望我爸骂完之后，赶快洗个澡，要不然他每次睡在我旁边的时候，我都得被他身上的臭味呛昏好几次。

但是后来我才发现，我爸不在家的时候，家里还是一样臭，所以到后来我也搞不清楚到底是我爸身上的问题，还是家里的问题，把我爸给搞成很刺鼻难闻的味道。

后来我爸当上水手之后，就更不洗澡了，因为他说出海捕鱼的时候，海风会把身上的气味带走，刚好符合他要的。他说这句话的时候，样子很得意，好像他是不想洗澡才去当水手，而不是为了捕鱼才去的。

我爸是个说到做到的人，我五岁的时候，他说："妹仔，明天阿爸要去做生意，是个生意人了。"隔天他就真的摆起摊位，卖起东西来。我刚上小学的时候，他说："妹仔，阿爸决定要去做水手，赚大钱。"隔天他就真的上了船，一出海就是好几天没回来。后来我小学一年级都还没读完，他又说："妹仔，这里不能住人了，得搬家。"隔天我爸什么东西都没带，就连夜带着我从靠山边的破烂房子，搬到基隆附近的渔村。

我原本以为搬家的时候应该会很热闹，会有很多人来帮我们搬家，要不然就是会有很多人来看我们搬家，但是谁知道我爸搬家的时间竟然在三更半夜，而且连我上学的书包都没带，就这样随随便便搬到新家去了。

不过所谓的搬家，好像也就只是从一间破烂房子，搬到另一间用铁皮搭盖，一样破烂的房子里而已。

我曾经问我爸，为什么要做水手，我爸说，待在台湾这种四面环海的地方，不做水手难道上山猎犀牛吗？我觉得我爸讲得很有道理，只不过我爸这个水手好像跟别的水手很不一样，他总是在家里等电话，电话一来，才会出海捕鱼，要是没有电话，他就只会整天在家里跷着二郎腿，一边喝酒一边盯着电话。我爸和别的水手最不一样的一点是，人家发船，通常都是天蒙蒙亮的时候，然后天黑之前回来，但是我爸却是在半夜出海，天蒙蒙亮的时候才回来。

我爸在家里的时间比出海捕鱼的时间多很多，要是问他："爸，今天不捕鱼吗？"他就会告诉你："怎么可能，水手是不能休息的。"再问他："今天要捕什么鱼？"我爸就会回答:"嘿嘿,你爸什么鱼都捕,只要是够大尾能赚大钱的都行。"

老实说我不太在意我爸在家的时间比较长,还是出海捕鱼的时间久,我只知道自从搬到基隆附近的渔村后,每天上学我都得穿雨衣雨鞋,在那之前,我本来是穿粉红色淑女鞋上学的,后来改穿黄色雨鞋,我的脚就变得跟我爸一样臭,不管我怎么洗,脚还是很臭。后来我有些明白,人要变臭,有时也是逼不得已的,像我爸。

每次我爸出海回来,都会捕一些奇奇怪怪的东西回来,大部分是一些犀牛角,要不然就是鹿茸或者熊掌什么的,或者是一些干货,只有少部分是鲜鱼货。那时我才知道,我爸说,不做水手难道上山去猎犀牛是什么意思,原来犀牛是要在海上猎捕的。

我小学二年级时,有一次上课,老师正在说明近海捕鱼与远洋作业所捕获的鱼类差别,我很得意地举手,把我爸在海上捕到的猎物告诉老师,结果被老师痛打一顿。后来放学回家的路上,我越想越不服气,跑到我爸跟前跟他抱怨，我爸举起手，好像要打我，我缩起头，等着他一拳揍下来，结果他只是摸了一下我的头，神气地对我说，你老师懂个屁，以后不用去上课了。后来我就真的没去上课了。

没去上课后，我就在家里闲晃，我发现我们家很黑，就算是大白天，家里还是很黑，而且很湿，好像随时都有什么东西要从地上墙上长出来。我爸的房间，是用几块保丽龙板隔起来的，房间底堆满了他从海上捕获的货物，味道很呛鼻，但是房间里却没有窗户，所以我对于爸爸的房间没什么探险的欲望，只有一次我肚子饿了，我才到他的房间找一点吃的。我爸经常跟我说，他房间里的货物都很昂贵，可以卖很多钱，要我不要靠近，但是那次我不知偷吃了什么，被我爸发现，被我爸甩了一巴掌，他说那些东西都是假的，都是毒，能吃吗？

待在家里太危险，后来我开始在渔村闲晃。渔村的道路虽然看起来很密也很多，但是真正离开渔村的道路其实只有一条，而我家就正好临着那条马路，其他的路，不是被渔网或废弃渔具船舨占满，就是死巷子。所以居住在渔村的人，要想离开渔村，都得经过我家门口，我经常在那条马路上等着看我爸离开。

不知道从什么时候开始，我经常会被夜晚驶过家门口的机车引擎声给吵醒，其实不止引擎声，就连从海边灌进家门的海风，也会把我吓得不敢睡觉，可能是家里藏了太多奇奇怪怪的动物尸体，有时一睁开眼睛，或爬起床上厕所，就会莫名其妙地看见不知是鹿还是熊，正在用一种很奇怪的表情看我。住在这么阴森森的房子里，让我觉得有一天我爸一定会逃离渔村，每次这么一想，我就会爬起来，站在外头的马路上，想知道我爸逃离渔村时的背影是怎样的模样。

在等的过程里，我会看见晒在马路上忘了收回去的渔网，随着远处狗吠，有一搭没一搭地晃荡，在黑暗中，好像是一只大海怪。渔网真是个奇怪的东西，破洞这么多却还能捕到鱼，而且更怪的是，它的破洞明明就很多，为什么有时候还得补渔网，"补"的意义到底在哪里呢？

照我爸的话说，破洞越大，捕的鱼越大尾，所以我爸捕鱼从不用渔网，他说这样他捕到的就会是整座海洋。

我想我爸真的很爱海洋，所以我从没有等到我爸溜走的背影，我等到的都是我爸从外面带女人回来，而且是喝得醉醺醺的正脸。我爸每次带回来的女人都不一样，有时他会捏着我的脸，跟我说："妹仔，叫姊姊。"我拿开我爸的手，看了一下明明年纪就已经很大的女人，然后很困扰地叫了一声："姊姊！"有时候我也叫女人"阿姨"，但一样让我很困扰，因为被我叫"阿姨"的女人，年纪明明就很年轻，后来我才知道，对于那些女人，称呼原来是跟年龄成反比，年纪老的就叫姊姊，年纪很小的就叫阿姨。

我从来没有跟我爸一起出海捕鱼过，因为我根本不知道我跟我爸在一起的日子会很短，在小学三年级的时候，我跟我爸说："爸，我也想出海捕鱼。"我爸那时正在帮我绑头发，听到我说的话，就用梳子敲我的头，"把你理光头好不好？"我说不要，难看死了，我爸就说："那就对了，做这行有做这行的规矩，女孩子不能上船，要是上船，肯定会倒大霉。"

我不知道后来是不是我偷偷跑上船，让我爸倒了大霉，我只知道没隔多久，我爸跟我说："我要到很远的地方捕鱼。""什么时候回来？"我爸说："要捕很大的鱼，要出海很久，你不用等我的门了，自己要好好照顾自己。"

从那之后，我爸这个水手就再也没从海上回来过了，我爸走的时候，依然是在三更半夜。后来我在渔村里慢慢长大，我有时在自己的家里窝着，有时会在渔村里这里晃晃那里看看，渔村里的人看见我时，还是会指着我住的方向，告诉我我住的地方是在另外一头。然后我觉得时间真是一个奇妙的东西，在我还很年轻的时候，小朋友喊我阿姨，后来变老了之后，小朋友就改口叫我姊姊了。我觉得我好像变成一张布满破洞的渔网一样，只能待在渔村，哪里也去不了，而且还是一张越破越大洞的网。照我爸的话说，我应该要拥有全世界才对，但是我却什么都捕不到。没有人来找我的时候，我会望着那条通往外头世界的马路，觉得很困惑，为什么这么简单的一条路，我却怎么也走不出去。

（本文获2006年第八届台北文学奖小说奖佳作）

虎神

　　我爸是个虎神。

　　我爸居住的地方，就在绝不可能有老虎出没的坪林虎潭边。虎潭附近虽然没有会吃人的老虎，但是那里的蚊子比老虎还恐怖。

　　坪林山上的黑蚊和平地的蚊子最大的差别，就像鬼头鬼脑的"人面蜘蛛"对上手长脚长的"兄犷"一样。兄犷看起来虽然很像一个长跑健将，但是奇怪的是一旦被敌人发现，百分之九十九会死，很少有逃脱的。这点就远不如人面变脸蜘蛛，不仅会利用屁股上人脸（其实在蝴蝶的眼中，那根本就是花蕊）的图样来捕捉食物，还会用吃剩的昆虫残骸，事先制作几个假分身，躲过天敌的攻击。

话说回来，一样都是吸人血的蚊子，平地的蚊子看上去就像是蜘蛛界的"冎犽"，手长脚长不说，吸起人血来还像个会跟人讲道理的斯文单身汉（虽然会吸血的都是雌性），总是慢条斯理地独自寻找吸血的对象，然后才彬彬有礼地停在肌肤上，好像充分告知对方说"要开动喽!"才插入针管吸血。

这种吸法，说白一点，只不过是加速人体新陈代谢，没什么大不了的。但是要是被坪林的蚊子叮咬到，可不止是促进血液循环而已，恐怕会让心脏停搏。

坪林的蚊子总是成群结队，像战术精良的轰炸机，密密麻麻从竹林里飞出来，然后兵分好几路做战略攻击，等它们嗡嗡地从身边飞过，全身上下就会像释迦牟尼的那颗脑袋一样——肿到哭爸，而且奇痒无比。

我爸还没开始做虎神那年，就搬到坪林虎潭边居住。有时候我觉得环境真是一种奇妙的空间，自从搬来坪林之后，我才真正体会孟母为什么三迁。"夭寿喔，恁祖嬷咧，干伊娘肖叮咚。"我爸还没搬到虎潭之前，其实是个很安静的人，虽然不至于像哑巴那样安静，但确实不多话，至少不会骂脏话，也不会自言自语。自从搬来坪林之后，聒噪、脏话、自言自语……不用人教，环境自然而然地教会我爸所有的事情。

"恁爸自细汉没这样被虐待过，竟然把我咬成蟾蜍，疙瘩这么多。肖叮咚再咬恁爸试看看，恁爸就出家给你们看！"刚搬来时，我爸就经常被蚊子叮到变脸，经常嚷着要出家，我抓抓身上被蚊子咬的脓包，不解地问我爸："被蚊子叮和出家有什么关联？"我爸发了疯地朝我脸上甩了一巴掌："肖叮咚死好！"

我张着充满滚烫泪水的眼睛，疑惑地看着我爸。我爸一脸不耐地说："你真憨呢，我问你，蚊子吃荤还是吃素？"我摇摇头，不明白我爸说的意思，我爸用一种很受不了我的愚蠢的语气叹口气说："蚊子吃人血，当然就是吃荤。"我点点头，觉得我爸不愧是我爸，说的话还蛮有道理。然后我爸又说，那就对啦，蚊子不吃素，这些死蚊子不让我们好过，我们就出家，这样这些死蚊子吸的血就是素的，到时看它们先死还是我们先亡。我爸很得意自己的这个主意，他说这叫"殊途同归"。

只要一出家，血就变成素的，我觉得我爸真的是疯了。我摸了摸被打的左脸颊，原本想纠正他，但是我一开口，说的却是："你的意思应该是'同归于尽'吧？"

我爸没读过几年书，却很爱学古人说话，尤其是那种一说出来好像很有学问的套语，以前性格还是安静的时候，没有用对还是用错的问题，但是自从搬来虎潭，性格变得聒噪以后，因为从没有认真学，所以经常一讲出来不是得罪别人就是得罪自己。我爸举起手，我以为他又要打我，用手抱住头，结果我爸只是把我的头扳正，然后在我脸上吐了一口口水，用手擦擦我的脸，说："随便啦，管他'同归于尽'还是'殊途同归'，反正最后的意思都是'归去来死'就可以了。"

我还来不及搞清楚我爸到底有没有搞懂，不是每个有"归"的成语都等于去死的意思，就先看见我爸从我脸颊上抹下来好几只小黑蚊的尸体和它们临死前最后吸的一口血。

我有些明白刚刚是怎么回事了，有点愤怒地质问我爸："你刚刚就为了打这几只蚊子？"我爸得意地说："这几只蚊子'死有香菇'，要是再来，就算来个十几只，我也能一巴掌给它打死。"我听完我爸的话，气得对我爸大吼："那句成语叫作'死有余辜'不是'香菇'。还有，妈妈还在的时候，连太阳都舍不得我晒，现在你却为了几只死蚊子打我，很痛呢！"我边说边哭。

我爸看见我哭得那么伤心，有点良心发现地呵呵笑了，"妹仔乖，晚上阿爸煮你爱吃的猪血汤给你喝。恁爸也喝一点，被蚊子吃这么多血，多少也要补一点血回来。"我抹抹眼泪，跟我爸抱怨，说："我们已经够穷了，吃都吃不饱，为什么还要搬来这里让蚊子吸我们的血？"我爸用手指敲敲他的脑袋，说："恁爸又不是憨仔，赔本的生意谁会做。不是有一句话说，今日的牺牲是明天的收获，这一点血的牺牲就可以换以后的荣华富贵，安啦，很划算。"

看着我爸全身上下肿得像猪头一样，我觉得我爸如果不是很伟大就是已经神志不清，因为被坪林的蚊子叮咬，可不是流一点血就可以了事，轻一点的伤口化脓，严重一点的甚至发烧破伤风。

我爸还没当上虎神之前，其实是个捡大便的。

我爸刚投入捡大便这个行列时，我妈才刚生我，在那之前，我妈差一点因为我爸一直找不到养活全家人的工作而杀了我，还好我爸适时找到了捡大便的工作，捡回我一条命。

我爸的工作不是我们想象中那种化粪池抽粪那么简单，也不是一般人在马路上看到，随便打扫两下就收工的清道夫那种。他捡的大便很稀有，照我爸的话说，他捡的是大便界的钻石，只有内行人才懂得评鉴。我妈每次一听到我爸说这种话，就会捂着鼻子冷笑："捡大便就是捡大便，一辈子捡角。"我妈只要这样一讲，我爸就会嘿嘿笑，然后很腼腆地用夹子从篮子里捡一坨屎，对我妈说:"不是所有大便我都捡,我也是会挑的,我捡的可是生物学家最重视的水獭大便。"我爸说,水獭大便并不好捡,因为只有在低海拔隐秘的溪边才捡得到,而且一来由于水獭数目日渐稀少,二来水獭爱吃杂食,不管是鱼、青蛙、虾还是甲壳动物,甚至树枝都吃,导致粪便经常被水鸟捡去做鸟巢,所以想找到水獭的粪便,不是勤快就能找得到。

不过粪便终归是粪便,我爸由于长时间和水獭的排泄物相处,全身上下都是粪味,搞得整村的人远远地还没看见我爸就先躲起来,害我妈也对我爸视而不见。

我妈对于我爸捡什么大便一点兴趣都没有,更没兴趣知道我爸捡大便其实是在帮生物学家工作调查水獭的分布以及生活的形态,我妈只知道跟着我爸,这辈子不会有好日子过了。

我爸用捡粪养活了我,让我妈觉得我这个小孩还在肚子里就带屎,不出生也罢。其实说起带屎,我觉得我爸的人生写照比我更带屎,因为自从我妈生下我之后,我妈就经常学我爸出门捡东西：有时候是到溪边捡柴火，一出门就是两个月不回来；有时候是出门捡破烂，一出门就是半年才回来；后来她又说她出门去捡便宜，这一出去就是三年，结果什么便宜也没捡到，还被人占便宜。最后一次我妈要出门，我爸问她要去哪里，我妈歪着脑袋想了想，说："去捡骨！"我爸终于忍不住大声地质问我妈说："有人这样捡的吗？"我妈看看我爸的脸，又看看他身边那一篓水獭粪便，很生气地说："你连大便都能捡了，我有什么不能捡的！"然后我妈这一出门就再也没回来过了。

我妈走后，我爸也跟着消失了。

因为我爸从来没有离家出走过，所以我以为我爸永远不会回来了。我坐在溪边的河床上，有时看看头上飘过的云，溪边的云不知道是不是有溪水映衬的关系，总是显得特别柔软细致；偶尔也低头看看溪边的石头，这里的石头，大概是经常被湍急的河流冲刷的关系，石头的肌理显得特别温润圆滑。

玩累了，我就合眼睡一会儿，肚子饿的时候，我就用树枝刮一片青苔，随便在热锅里煮开了糊口，吃饱了就继续倒在平坦的石头上看星星，日子就这么轻松地过去了。日子过得无聊的时候，我就到溪里面去捞死掉的虾壳，串成首饰。那是我妈教我的，每次我妈生我爸的气，一看到我送她虾壳项链，就高兴得什么都忘了。

一想起我妈，我就难过起来，我想我大概一辈子都看不见我妈了，终日只能听溪水暴涨又干涸的水声过日子了。

就在我用虾壳为自己串第二条项链时，我爸回来了。我不知道日子到底过了多久，我只知道回来后的他更脏了，除了粪便味，身上还有馊水发酵的恶臭。

我很高兴我爸没把我忘了，虽然我爸带回来的其实不只臭，还有满满一屋子不知名的虫，细细小小的，就在他不知几天没清洗的头发上，手臂、衣服，这里钻钻那里爬爬，偶尔还直立起身子跳恰恰。

最后虫子把屋子都占据了。

即便如此，我还是很高兴我爸愿意回来。

我爸回来后，不洗澡、不吃饭，也不出去捡大便，整天除了睡还是睡，我不知道是不是我妈的走对他的打击太大，还是生活一下子松懈了的缘故，总之他完全变了一个人，已经不像是我之前认识的那个捡大便的父亲了。

我想不通一个人怎么可以脏成这种程度，因为他身上的虫子多到已经把他身上鼻孔、耳朵、嘴巴，凡是有洞的地方都堵住了，而且那些虫子越来越肥，越养越大只，我很怕它们是毛毛虫，更怕它们不是毛毛虫，因为如果是毛毛虫，还会变成漂亮的蝴蝶，万一不是毛毛虫，那长大蜕变后，不知道是什么样可怕的昆虫。

最后我终于忍不住了，"爸……"我想帮他清理那些虫子，但是又怕他这些虫子又是那些生物学家的实验品，所以我决定先委婉地叫他稍微注意他的那些肥虫，或者请他可不可以不要再养这些虫子了，最起码不要打扰我睡觉（自从我爸回来后，我连睡觉的地方都被虫子占据了）。我一抬头想说话，我爸双眼就翻白了，瞪着我说：
"你在放什么屁！"我说："我什么话都还没说。"我爸想
了想，点点头，问我："你想放什么屁？"我摇摇头，然后
又点点头，指了指他头上，说："爸，我们家已经够脏了，
你还这样……"我想告诉我爸关于他头上长虫的事，但
是我话还没说完，我看见我爸好像整个身体都腐坏了一
样，肥虫越长越旺盛。

我从没看过人的身上可以长那么多的虫，我问我爸：
"你是不是做了什么？"我以为我爸会回答我他换了新工
作，正在做虫子的研究之类的，但是我爸一听到我的话，
什么话也没说，只是身体一紧，身上腐烂的味道竟然渐
渐淡了，而肥虫也像变魔术那样统统缩回他的衣服里，
什么也看不到。

我被我爸的魔术吓坏了，也忘了要说什么，只是不
可思议地看着他。

不知过了多久，我爸才突然想到什么似的扭头跟我
说："妹仔，我想通了，你妈喜欢捡骨，我们就学她一起

去捡骨。"我爸一开口，全身放松了一点，我看到虫子又开始在我爸身上扭来扭去。

我蹲在我爸身边，看看我爸，又看看他身上的肥虫。我从来没看过那么肥又那么爱现的虫子，因为它们一只只都踮起脚尖，不停对我扭屁股，摆出最妖娇妩媚的姿势。

我扭过头，尽量不去注意虫子，随口问我爸："不用研究水獭了吗？"我爸的回答很奇怪，他说："干伊娘咧，死水獭，捡了那么久的大便，连一只水獭都没看过。"我问："研究水獭都是这样研究的喔？"我爸气愤地说，那些研究水獭的生物学家一辈子就只知道记录大便，而且竟然靠大便拿到博士，而他却不管多么认真，始终还是个捡大便的，还把老婆捡到丢丢去。

我爸一提到我妈，那股腐烂的味道又全都回来了，身上的虫子又更活跃了。

我其实听不太懂我爸说的话，跟没看过水獭有什么关联，我问我爸："那现在咧？"我爸爬起来，一边收拾行李，一边说："现在？现在水獭都跑到金门去了，没得研究了啦，再留下来恁爸就真的变成屎郎。"我爸说完话，一手提着行李，一手拉着我，"走，我们换个地方住。"我们就这样离开了溪边临时搭盖的小木屋。

我们沿着小溪，一直往北走，穿过竹林、越过高塔，一路上，我爸记性好的时候，就会尽量绷紧神经，抑止身上发出恶臭，但是只要他一松懈，虫子就会趁机出来透透气。为了不让自己变成虫子繁衍的培养皿，所以我总是忽远忽近地跟着我爸。

我不知道我跟我爸到底走了多远，我只知道我跟我爸的距离最远的那天傍晚，我好不容易喘吁吁地赶上我爸的脚步，却看到他头顶上竟然黑压压的一片，飞满了嗡嗡叫的昆虫，我以为我爸被蜜蜂攻击，走近一看，竟然是成群的苍蝇。

后来我才知道，那是从我爸身上那些虫子蜕变的。

我看看我爸，又看看他头上那群苍蝇，又低头看我爸身上还没蜕变的蛆，本来应该觉得很恶心，但是一想到它们都是吃我爸身上的腐肉长大的，跟我算是同父异母的姊妹，也不怎么觉得恶心了。我想环境就是这样，说变就变，由不得你决定。

"妹仔，我们到了。"我爸说。

我和我爸来到种满茶叶田的坪林山坡上，山腰边有一座小潭，潭旁边有一个不知是被台风刮坏还是被狗熊捣坏的破烂铁皮屋，我爸说："就是这里了。"

"前面还有路，为什么不继续走？"我问。

我爸皱着眉，抓抓身上的痒，说："那条路蛇来蛇去，简直就像蛇一样，能走吗？"我也搔搔身上的痒，满脸疑惑，听不太懂我爸的话。我爸用鼻子发出不耐烦的声音说："你脑袋是装屎喔，你能在水里呼吸吗？"我摇摇头。我爸说，那就对啦，蛇皮那么滑，踩上去不摔死你才怪。

直到后来我才知道，那条像蛇一样别扭的路，大家都叫它九弯十八拐，很多人开车走上那条路之后，经历了人生这辈子最多的大转弯，比较胆小的人，会沿着弯道慢慢开，敢冒险的人，就会直接冲出弯道，然后就再也没回来过了。

那么危险的一条路，为什么还有那么多人要走呢？

照我爸的话说，人生到处充满了狗屎，要不是有这种必须冒着危险，突破困难的转折后，才能看到的雄伟风景，人怎么活得下去。我爸如果没说错，那么我想我爸应该就快要发达了，因为他不止人生充满狗屎，他本身根本就是一座粪坑，我真希望他赶快从满身是蛆的日子里羽化出来。

坪林出产最多的，其实不是山茶也不是蚊子，而是雾气和死人。那种雾气很湿冷，是会把人冻僵的那种。我们来到虎潭定居的那天，林子里雾蒙蒙的，仿佛快落冰那样把我和我爸弄得全身都湿了，我跟我爸说："这里好冷，我们真的要住在这里吗？"我爸："你是住过饭店喔？还是你看过高级餐厅在供应客人吃馊水的？"我摇摇头，我爸接着说："那就对啦，我们身上又没钱，恁爸身上还有这么多恶心的脏东西，有地方住就不错了，你还想要去住哪里。"

我又饿又冷，我很怕万一这片冰冷的雾气变成大雨，我会冻死在这场雨中，所以我跟我爸说："至少躲一下雨也好。"后来我爸带着我，来到废弃的铁皮屋里避雨。

我爸望望铁皮屋的四周，看着他的表情，我知道他一定觉得自己捡到宝，我也看了看屋子的环境，我想，我这辈子的生活大概就要和这个铁皮屋为伍了。

"妹仔，阿爸不是骂你，但是人不怕穷，就怕不能吃苦，你以为这里又湿又冷，不适合人住，但是你看外头树林长得那么肥，听阿爸的，树都可以那么茂密了，人还会饿死吗？住在这里不会有错。"那时我和我爸还不知道坪林的树之所以长得那么旺盛，完全是因为那些在九弯十八拐上，冒险找刺激的人，一时忘情，冲出弯道所带来的养分。

还不知道将来我们都要跟铁皮屋外茂密的树林一样，吸同样养分过生活的我和我爸，就这样静静地待在铁皮屋，希望躲过即将降下的大雨。但是我和我爸等了半天，也不见半颗雨落下来。我和我爸等得不耐烦了，决定出门去找些东西来填饱肚子，一抬头，才发现一直跟着我们上山的那群苍蝇姊妹们都不见了。

我爸大叫："你妈又走了！"就算是一粒硬邦邦的石头长期带在身边，久了也是会产生出情感来的，更何况是一大群活生生的昆虫。

我觉得我爸真是一个情感丰富又可怜的男人，自从我妈跑了之后，我爸好像错把苍蝇当作是我妈那样照顾。

我爸很焦急，带着我在山里的这里那里到处寻找。

我们在树林里绕来绕去，雾气把我和我爸的衣服全部都弄湿了，睫毛和眼皮也都沾上水汽，疲惫得睁不开眼睛，但是就算如此，我们不但没找到那群苍蝇，还被蚊子咬到全身都是红面龟。"夭寿喔，这里的蚊子这呢[1]狠，比杀人犯还恶毒，这款环境谁住得下去！"我爸全身痛得大叫。

---

[1]　这样。

我很认真地想了想，回答说："你和杀人犯住得下去。"我以为我讲的话应该会博得我爸一点欣慰，然后高兴地拍拍我的头，像以前我妈还在时那样，称赞我一下，因为我把他之前的话认真地听进去了。但是我没想到我爸听了我的话，先是一愣，接着就举起手，狠狠地在我的脸打了一拳，痛得我当场大哭起来。

"你说恁爸是杀人犯？再说一次恁爸是杀人犯，恁爸就打死你！"

我爸说完就再也不管我了，自己上山继续找苍蝇，留我一个人在那里哭。

不管我哭得多么大声，我爸都没有回头看我一眼，我从没见过我爸发这么大的脾气过，看着他的背影，我想这次我爸不会再回来了，他这次真的决定不要我了。我在林子里越想越害怕，越哭越大声，哭到林子树梢都发出跟我同样的哀嚎声，吓得我哭得更卖力。

我不知道我到底哭了多久，我只知道我爸回来的时候，我还在哭。我爸看我还在哭，也不知道是愧疚还是根本就忘了他打我的那件事，只见他一直呵呵笑。他说：
"妹仔，麦哭，恁爸找到工作了。"我擦擦眼泪，"这么
快？是什么工作？"我爸说："'虎神'的工作。"我说：
"听起来好伟大的样子，那是什么工作？"我爸很得意地
昂起下巴，说："招魂。"

"招魂"真是一份奇怪的工作，因为那是专为意外
身亡的人帮忙叫幽灵巴士带他们回家的特别服务。牵魂
的人必须穿上道士服，然后手持宝幢幡，先念经请来何
乔神虎二大将军和招魂使者，然后在招魂幡上写上亡者
的三魂、名字以及七魄，这样亡者才能坐上幽灵公交车，
离开失事现场，跟着家属回家。

我问我爸，为什么上山去找苍蝇，人家就莫名其妙叫
他做招魂的虎神？我爸不太高兴地板着脸，说，恁爸是有
才华的人，这个环境需要的就是像我这款人，哉呒？我爸
说这话的时候，身上的虫，恶心巴巴地全扭动身体跑出来
往外面探头。我看着我爸，点点头又摇摇头，我觉得我爸
哪有什么才华，如果要勉强说有，有的也只是捡大便的才

华，以及拥有一群在身上扭来扭去不听使唤的虫。

　　一直到很后来，我才知道我爸会当上招魂的，完全是个巧合。本来我爸只是想问路，谁知道遇到了一群又唱又跳，好像在练嗓音的队伍。我爸本来想随便问问就走人，但是谁知道一开口说了句"你们知道雨神……"。话都还没说完，那群练嗓音的人立刻提高分贝，开始对着山谷练习尖叫。我爸吓了一跳，靠腰，遇到疯子。但是说也奇怪，队伍中，有个人不唱也不跳，走在队伍的最前头，表情僵硬，对后面队伍的练唱无动于衷，这个人上下瞄了我爸一下，说："这已经是这个月第九次了，雨神满满是，做这行的都是，你自己不就是其中一只。"我爸没注意听那个人在说什么，他只知道背后有警笛的声音从很远的地方慢慢靠过来，我爸屏住呼吸，表情也跟那个人一样开始严肃僵硬起来。那个人又继续说："还不快点请'神虎'将军，不然是要怎么招魂啊？说到你们这些人响，没有一次准时，良辰吉时都让你们拖磨过去了……"我爸像是听懂了，又好像是没听懂那样，不停地点着头说：

"虎神吗，好，我知道了，虎神。"我爸就这样，没有任何准备地走进丧葬的队伍里，做起他口中的虎神。

在九弯十八拐这一带做虎神，我爸很快就进入状态，因为这里要招的魂很多，三天就有一个。有工作要来之前，我爸都会先知道，因为如果有意外发生，尸体经过雨水一淋湿，又经过太阳一曝晒，夏天最慢只要两个小时，我爸头上的那群大头蝇就会倾巢而出了，那时我爸就会咧着嘴，来回搓动手掌，喜孜孜地说："妹仔，今晚又有好料的可以吃了。"

我爸每次出门工作时，我都会坐在屋外的小石头上，看着我爸沿着湖边的小路，这里抓抓，那里挠挠，像个醉汉一歪一歪地走进雾气里。

来到这里生活以后，我以为我爸身上那个恶心的恶臭和那群猖狂的虫子，都会慢慢随着时间，消失不见。然而随着我爸做虎神的日子越久，身上的虫不但没有减少，反而可以找到更多各式各样昆虫的卵。渐渐地，从我爸身上蜕变的，不只蛆，甚至连孑孓都有。

　　还有我其实一点都不期待我爸去工作回来，能带回来什么好料，因为他每次一回来，都不是一个人。刚开始的时候，他会带不知是失智还是走失的老妇回来，一起分食他拿回来的食物；有时则是带回来不知是瞎了眼还是耳聋的孩童。但是后来渐渐地，不知为什么，我连我爸带回来的是男的女的、是断手还是断脚都无法分辨，我只知道有什么东西被我爸带回来了，然后和我们一起吃我爸从工作上带回来的食物。

　　我不能劝我爸做什么样的改变，也不能阻止我爸这样继续腐烂下去，因为环境就是这样，到处充满了蚊蝇，不论怎么赶，它终究还是会找到机会咬你一口，吸取你的养分，把你当存活的踏脚石。照我爸的话说："这个时代到处都是屎，你能怎样？活得越久，臭得越快，在乎这么多，又不会停止和大家一起腐烂。"

　　我以为我这辈子都要这样臭掉了，我爸也以为这辈子可以永远这么妥当下去了，但是环境说变就变，谁也想不到。就在我爸安心地等待工作上门的这天，九弯十八拐的公路竟然沉寂下来，再也没有人为了看惊险的风景，从弯道上冲到山谷下了。

我爸有好长一段时间，每天都在山谷来回到处搜寻，但是最后他只能一次又一次两手空空地回来。

我爸花了好久的时间，问了好多人，才终于搞清楚到底发生了什么事："死人都搬家了。"死人都搬去哪里了？我问我爸。我爸没有理我，只是不停地骂人，"政府实在夭寿，好好的日子不过，开什么路，把路都开了，叫我们这些人活什么，怪奇咧。"原来市政府开了一条新路，因此再也没有人开车走九弯十八拐到宜兰了。

没有往生者需要招魂的日子，我和我爸就坐在虎潭旁边，我和我爸就这样静静地一同被林子里的黑蚊咬到变成面龟，不同的是，我呆呆地望着湖面，而我爸则呆呆地望着他头顶的那群苍蝇，想着各自的事情。

没有工作上门的日子还是得过，坪林的特产一样是茶叶、雾气和蚊子，不一样的是死人变少了，但是却多了大量的苍蝇。

我很想叫我爸离开虎潭，离开没完没了的蚊蝇和虫子，离开看起来很肥大，其实内部都在腐败的树木；我也很想告诉我爸，有才华的人，在空无一物的沙漠也可以活得很好，根本不需要靠这些腐坏的养分。

但是这些话我始终没跟我爸提起，因为跟着我爸那么久的日子，我学会了一件事，就是闭嘴，这是环境自然而然教会我的事。

不知过了多久，我爸伸手敲打着林子里壮硕的树木，然后指着山坡上的公路，说："妹仔，阿爸有时真想看看那条路后面的风景到底是生作什么款。"我瞪大眼睛，疑惑地看着我爸："你不是说走上去，迟早会被摔死？"

我爸微微噘起嘴角，说，妹仔，什么路都要走看看，不走过去，你永远不知道后面的风景会带来什么样的环境。我爸叹口气，又说，记住了，妹仔，做人，就是要走不一样的路，不要学你阿爸，整天就只是不停地在等死。

我站起身，拍拍身上的脏东西，伸手过去拉我爸，"爸，我们现在就去走看看。"我爸摇摇头，"阿爸这一生都毁在你阿母手里了，没法子走了。"我不信，硬是拉起我爸的手说:"哪有这种事……"我猛一拉，我爸的手不知道什么时候已经腐烂掉了，好多虫子从他那里爬到我身上来。

我站起来赶紧把跳过来的虫子拍掉，但是有好几只已经不知道钻进我衣服的哪里，消失了。

"爸，我身体好痒!"我扭过头，想要叫我爸处理一下他身上的虫子，但是一扭头，我爸好像什么都烂掉那样瘫在树根底下，只剩一堆又一堆的虫子到处爬来爬去。

在那之后，我再也没看见我爸了，我只看见树林里到处都是虫子，以及变态后的苍蝇。不久之后，我跟我爸一样，全身爬满了虫子，那时我才知道原来我自己也是"虎神"。

虎潭的天气每天都很湿，偶尔放晴的时候，我会爬上小坡，坐在公路的栅栏旁，盯着公路消失的尽头不停地看着。我想听我爸的话，走上滑溜的公路，去看看不一样的风景。但是人真是一种奇怪的动物，一旦习惯某一个环境之后，就变得胆怯，哪里也不敢去。拼命挣扎也走不出去的时候，我会望着不停在我身上吸取养分的虫子，以及从我身上蜕变的苍蝇。我终于确信我哪里也不会去了，就像苍蝇有翅膀，哪里也去不了一样，我能选择的，只有不停地继续腐烂下去。

（本文获2007年青年文学创作数字典藏）

躺尸人

我还没出生之前，我妈就是个死人了。

我妈死亡的地点很广泛，几乎整个金山乡都死过。

那时候，金山乡里除了大片还没开发的山坡地外，什么都没有，想要看见人都是一种奢侈，看见死人还比较容易一点，因为在这个什么都没有的村庄里，到处都是一堆堆没人认领的坟墓，我妈随便一死，就能躺上好几个坟墓包。

金山说起来，真是个很奇怪的地方，这里不仅到处都葬满没有姓氏的坟头，更奇怪的是，如果摊开地图，就会发现它位在东北角，一个迎海又靠山的地方。我一

64

直无法理解，为什么有一个地方能够同时位于两种地理环境，我妈却哪里也去不了？我曾经问我妈，干吗一直待在被这么多死亡包围的地方，我妈捏着我的脸，"你懂什么，长大就知道了啦！"后来过了很久，我妈才小声地跟我说："以后在这里讲话要小声一点，知不知道。"我睁着眼看着我妈，我妈说，住这里的人虽然现在死了，但是以前都活过，我妈还说，人只要一旦死过，以后什么都能活了，我妈像是好姊妹那样，用肩膀抵了抵我的肩膀，"要不然这里谁住得下去？"我其实听不太懂我妈到底在说什么，因为每次她跟我说完这些话，总会想起自己还没有吃东西，然后她就会拿起一个不知从哪儿捡回来的破碗公，撩起她的脏衣服，露出她的胸脯，拍拍我的头，说："妹仔，帮阿母吸两口奶水吐在碗里，阿母再不吃点东西真的会饿死。"我一边帮我妈吸乳水，一边疑惑，我妈到底是想死还是想活？住在金山这个地方，我觉得我妈应该要积极一点，要不就勇敢地朝大海泅游过去，要不就努力越过山棱线，到另外一边看一看，但是她却对这个充满死亡的地方非常着迷。

我想，我妈的性格大概跟金山这个地名一样，金山这个地方从来没产过金子，却被称作金山，明明穷得只有死人愿意来这里定居，外表却又好像装得很富有的样子，这一点很像我妈，明明还活着，却又想死，但是死亡真的来临时，却又拼命想活。

刚开始的时候，我妈只死在村庄里离天堂很远的山脚下。她那种死亡，不过就是面朝天空，躺在荒烟蔓草的大片山坡上，脸上因为过度恐惧而产生一种"啊，终于要解脱"的死亡神情。

有时候我会觉得奇怪，我妈为什么要选择在这种荒郊野外死亡，但是照我妈的说法，人太多的地方，她不好意思死。

人少的时候就好意思死了吗？我翘着我妈帮我梳的两根小辫子，仰头问我妈，我妈却突然把我的辫子拆了，绑了一根竖在头顶的超大支冲天炮，我跟我妈哭着说：

"好紧，脸皮和头皮都被拉得好痛！"我妈却拉着我的冲天炮说："你就是因为皮没绷紧，你见过有哪个人死掉是很热闹的吗？"

我妈第一次选择死亡的时候，是在我出生那年。那个时候，我妈因为我爸无缘无故失踪，背了一屁股我爸留下的赌债，讨债的人说："除非去死，哪吒明天就要看到钱。"然后我妈就真的选择去死。但是我妈说，她之所以没死成，全是因为我突然从她肚子里跑出来，并且用跟我爸几乎一模一样的眼神，色眯眯地看着她的乳房，让她既害羞又生气，所以根本没办法安静地死。

也许就是因为那次我没让我妈如愿地死去，所以我妈总说这辈子被我害惨了。为了弥补那次想死的念头，我妈总是天亮的时候想死，天黑的时候也想死，天气晴朗的时候想死，天气坏的时候就更不用说了，还是想死。

后来，时间一久，我妈就爱上死亡的感觉。

我想，我妈是真心喜欢死亡所带来的绚烂想象，要不然她不会一直重复着去躺在陌生人的坟头上，并且不断催眠自己已经死亡的事实，还教我要在她死的时候，不停地哭泣。照她的说法是，这样她会感觉她死得比较有价值一点，也比较不寂寞一些。

我并不知道我妈究竟从我的哭声里，得到多少价值，我只知道我妈死的时候，我都会没东西吃，所以我得把我妈给哭活过来才行。

但是哭泣也不是一件轻松的事，因为山坡上，到处都开满了像黑色翅膀的花瓣。那种花瓣的形状是不规则的，有时很大，有时则细得跟发丝一样。通常花瓣在还是热腾腾的时候飞向高空，在冷却之后降落在草地上。

每年七月，是黑色花朵最盛开的季节，山坡上到处都飞满了那种颜色诡异的花瓣，随便一张嘴，就是一嘴的黑花瓣。

每次一场哭下来，满头满脸都是黑色花瓣，轻轻一拍，那些花瓣就成了粉末的灰烬，沾在脖子这里和衣服那里，然后变得一身黑。

我照着我妈的话，为了她的死，哭到九岁。后来我哭烦了，觉得光靠哭来讨我妈的奶水喝也不是办法，索性不哭了，拍拍自己身上的黑色花瓣，决定自己到村庄里去找吃的。我因为太饿了，只好一边走一边哭，不知道走了多远，看到山头上，散布好多人，他们个个都拿着许多金色纸张往火里烧去。那些金色纸张被烧过之后，风一吹来，都化作一朵朵小花，在村里的这里那里飞着。

直到那时我才知道，原来一直掉在我身上的黑色花瓣，到底是打哪儿来的了。

我不知道我哭了多久，我只知道后来有好多人围在我身边，一些叔叔阿姨指着我问："你是谁家的小孩，哭得这么大声。"我擤擤鼻涕："我饿!"我望着地上他们用一堆堆食物砌成的小山，口水都流到那些新搬进来的坟头上。

那些叔叔阿姨一边把拜过的祭品拿给我，一边问我："小妹妹，你妈咧? 没跟你一起来?"我一边吃着水果，一边说："她正在死。"每个人都说我是现代的孝女白琴，他们说，要是我妈地下有知，听见我的哭声，一定会舍不得我。我对他们说，等我妈听够了我的哭声，就会活过来了。

年龄是一种很奇怪的东西，在我眼里只有我妈乳房的年纪，除了我妈的声音和我自己的哭声之外，我什么都听不见，但是后来当我的视线再也对不准我妈的乳房时，我才发现村子里的活人慢慢变多了，好像蜜獾找到蜂蜜，有什么甜头正要发生一样，每个人都嗡嗡地搬进金山乡来，跟死人争地。

如果日子再往前转快一点的话，就会发现金山这个地方除了活人以外，挖掘机、盖房子的重型器具，也大量地进驻村庄，一起跟着那些被埋了不知道多久的死人抢地。

后来等我长大到一眼可以看尽整个村庄样貌时，我才发现原本那个到处都是杂乱坟包的山坡不见了，变成一大片刻意加工的草皮，上头还建有整齐到让人忍不住想要尖叫的豪华大墓园。抬头看去，山顶上还盖了一栋大怪物，那个怪物的体积，比我把手掌撑开来，挡在我眼前还要大。

我跟我妈说，这里已经没有死人了，可以不用再死了吧？我妈却指着那栋庞然建筑物说，你懂什么，那里面住了比以前还要多几百倍的死人。

我妈说，居住在这个死人比活人多很多的村庄里，一定要想办法像个死人，要不然没办法继续在死人堆里继续存活。我想，在我妈这么多年死亡的日子里，要说我妈有什么财产或得到什么值钱的东西的话，那肯定是那一堆堆的坟墓了。

后来那些坟包被挖掘机挖掉之后，我妈不知道是悼念过去的美好日子，还是因为神经大条没有察觉，她仍然在山坡上过她的死日子，而挖掘机就在我妈身边挖过来、碾过去。

后来不知道是我妈死得太透彻，还是我把我妈哭得有价值起来，我妈因此被请到警察局里去接受表扬，而且还在警局里接受招待住了一晚。

我妈接受表扬的那天，我因为饿，在村子里到处找吃的，后来有个来金山开怪手的叔叔当着我的面，对另一个更老的阿叔说："就是这个囡仔她老母，要不是那个女的，我也不会被老板扣钱。真是乱乱来，差点就从她妈的肚子挖下去了。"我没看过钱，我和我妈的生活里，从没出现过钱这种东西，自然也不清楚钱是要干什么用的，所以那个叔叔到底在说什么，我并不是那么清楚，但是有一点我却很肯定，那个叔叔，其实应该要开着挖掘机，从我妈的肚子挖下去的，因为那样的话，我妈会很感激他的，毕竟我妈想死很多年了。

我以为我妈死亡的日子，会因为村庄里愈来愈多人居住而提早结束，但事实上刚好相反，我妈的死亡日子之所以结束，竟然是因为我的哭声。我妈从警察局回来的时候，脸色很难看，我问我妈："还要死吗？"我妈抓着我紧绷的冲天炮："夭寿呸呸呸，不能再死了，再死就活不了了。"我因为痛，哇哇地叫两声，我妈听到，立刻用身体捂住我的脸："麦哭！再哭落去，我就真的死定了。"
但是话说回来，我妈从警察局回来那天晚上，虽然教我
不要哭，但是她自己却哭得比谁都大声。我想，我外婆
肯定也对她做了什么特别的训练，要不然一个人没事怎
么能哭得这么大声。

我妈才刚决定不死了，要好好活着，但是相隔不到
三天，我妈又决定继续死了。"什么死不死的，这是工
作！"我妈用拳起的手指敲着我的脑袋纠正。我不知道我
妈口中说的工作，跟我说的死亡，到底有多大差别，我
只知道我妈因为很会死，因此有人找上门，给了她更接
近死亡的机会，而且这次连寿衣、莲花、灵堂、告别式
都有人帮她准备好了，她只要躺着好好享受死亡的滋味
就行了。

我妈是个说到做到的人，我还没出生之前，我爸追
我妈是从毛手毛脚开始下手的，那时我妈很生气，她对
我爸说："你再乱来，我就让你死得很难看。"后来我妈

真的让我爸死得很难看，因为我妈在没通知我爸的情况下怀了我，让我爸不得不娶了我妈。我爸为了这件事，懊恼了好久，他说他上辈子肯定是做了什么错事，这辈子被惩罚来还债的。我要出生那年，我爸逃跑的那天早上，我爸被我妈发现想要逃跑的迹象，我妈发了疯似的紧紧拉着我爸的手，说："不准走，你敢走，我就死给你看。"我爸手一挥，把我妈推倒在地上，回了句："那就去死啊！"说完头也不回就走了。后来我妈就真的去死；我跟着我妈一起死了几年，我妈说："妹仔，我们不用再死了，我要去做演员啦。"隔天她就真的穿上这辈子最好的衣服，到村庄山坡上，那栋新建的庞然建筑物里指定的摄影棚去当演员了。

我妈决定接下这份跟死亡有关的工作那天，村里正下着迷蒙的雾雨，有一个自称是"保障死亡"的男人来拜访我妈。死亡也可以有保障的吗？我问我妈，但是我妈懒得理我的问题，只顾着在屋里招呼客人。

其实所谓的房屋，不过是一个不知是狗住过还是猫待过的山坡上垒起的小洞，里头黑漆漆的，只有几块凹凸不平用来坐或睡的大小石头，除此之外什么都没有，就是满屋子的屎尿味稍微重了点。

那个男人看了我们住的地方一眼之后，既没有坐在我们拿来当椅子坐、长满青苔的石头上，也没有喝一口我到山沟下去舀回来的水，只是捏着鼻子，扯着沙哑的声音跟我妈说，他很佩服我妈能够用这么开放的态度来接死亡，为了表示钦佩之意，他给了我妈一个真正死亡的机会。

"你的意思是真的要我死？"我妈不知道是高兴还是害怕，声音尖得不得了。"那不是死，是演戏……总之不会让你死太久的，只要戏拍完了，你想活多久就活多久。"那个男人说完之后，我妈抬头看了他一眼，然后我妈很害羞地从石头堆里爬起来，拍了拍身上金纸燃烧过后的灰烬，说："什么死不死的，真难听。"我妈顿了一会儿，突然想到什么似的，指着我对那个男人说："有没有欠小的？她很会哭。"

　　我妈去当演员的那天早上，天气雾蒙蒙的，我妈出门前，把我从睡梦中挖起来，把我的脸扳正，问我说："妹仔，阿母水[1]呒？"我妈没等我说话，她自己先叹了口气。我问我妈叹什么气，我妈说，这年头活人都没良心，死人比活人有人情味多了，因为她的这份工作是死人给她的。

　　我妈说完，就扭着屁股，出门了。

　　我望着我妈，随着一扭一扭的屁股摆动，我妈的身影逐渐变小，最后终于被村庄里的雾气给掩盖。不知道为什么，我望着我妈消失在到处都是黑色花瓣的山坡上时，我有一种错觉，觉得我妈这一去，会像我爸抛弃我妈那样，不会再回来了。

　　我很想拉着我妈的手，要她别去了，她要是走了我也活不成了，但是我又很怕我妈学我爸把手一挥，对我

―――――――

[1]　闽南方言，形容人漂亮。

说想死就去死的无情的话。

我一个人坐在简陋的房里，不停地想着，接下来的日子我该怎么办？想到快发疯的时候，我妈竟然回来了，而且是顶着一脸的白粉，很生气地回来了。

我问我妈怎么了，我妈说："要死了，他们竟要教我躺棺材。"我因为很开心我妈回来，所以咧着嘴，仰着一头乱发，一边笑一边说："又不是没死过，躺棺材有什么关系？"我妈听到我说的话，把我的手臂拧出血来，接着又把我原本的辫子头，绑成超大支冲天炮，我一手抓着我妈，一手抓着头上的冲天炮大叫："不要冲天炮啦，我已经长大了，再绑冲天炮走出去会被人家笑。"

我妈拉着我的冲天炮，说："那就对了，你都嫌丑，难道我这些年还死不够？"我仰着头，小声地问我妈她说的是什么意思，我妈拿梳子敲我的头，说："笨死了，人可以乱死，棺材不能乱躺，连这都不懂。"我妈说完，把我往门口一推，她说她累了，要睡觉，要我到屋外头看着，不要让别人进来吵她。

我不记得我到底在门口站了多久，我只知道我从天空下着雨丝开始站，站到天空出现彩虹天桥，连太阳都斜斜地露脸了。

金山这个地方，只要天气好的时候，从海上吹来的海风会变成湿黏的盐巴粒子，粘在身上各处，令人难受死了，但是我妈却很喜欢，每次全身被海上带来的风给弄得又咸又黏时，我妈都会抓着我的手不停地舔，她说她好久没吃到咸的东西了，还说我的肉如果放到大锅炖过会更好吃。

我妈当我妈这么多年，她每天不是要我看她死，就是整天让我哭，我很怀疑她到底是不是我亲妈，但是直到我妈第一次抓着我的手臂猛舔的时候，我百分之百确定她就是我妈。因为我听人家说，母狗生小狗之后，会把小狗的粪便统统吃进肚子里，而我妈连我这么脏的身体都在舔，所以我想我亲妈肯定是她了，不会有别人的，错不了。

我全身痒得要命，这里抓抓那里扒扒地守着我妈睡觉的门，无聊地望着山坡下，想着今天该去哪儿讨点吃的。正当我准备迎着带着盐巴粒子的海风，背着我妈到外头去填饱肚子的时候，海风从山坳吹向村里，又把大量黑色花瓣雨吹得满天飞舞，然后我看见有个长得有点恶心，眼珠子外扩的男人，从满天飞花的山坡下走来。

"你妈咧？"男人的身上到处都是黑花瓣，我说："在睡觉。"男人一听我妈在睡觉，一副就要进屋去的模样，幸好我手撑得快，把男人挡住了。"小妹妹，你干吗？"我晃着头上的冲天炮，说："我妈说她要睡觉，不能去吵她。"那个长得有点恶心的男人用手在我脸上捏一把："你妈拿了钱，要睡也要到棺材里去睡。"然后我妈又去躺棺材了。

我妈原本坚持不肯去躺棺材，她说又不是死人，死人才躺棺材。但是后来对方塞了一堆绿绿红红的纸张，让我妈乐得合不拢嘴，于是我妈改口说，现在时代不同了，观念开放了，躺棺材也不是只有死人才做的事，像那个麦可恋童癖不也是天天躺棺材，还不是照样活得好好的！躺棺材其实说来很简单，不过就是把我妈的脸画成僵尸脸，然后要我妈躺在铺着金得发烫的金布的棺材里，长达一整个早上或一整个夜晚。"躺在里面然后呢？"我问我妈。"然后就像个真正的死人一样把眼睛闭上。"我妈回答。

　　我歪着头，又问我妈："闭上眼睛然后呢？"我妈自从到山坡上的建筑物里去拍戏之后，脾气就变得很暴躁，我妈听到我问的话，掐着我的耳朵说："要死啦，闭上眼睛之后我还看得见吗？"我的耳朵被拉得好疼，但是还是忍不住问我妈，这也能算演戏吗？我妈却反驳我说，这样还不算演戏，难道算开车吗？我妈没读过书，当然也就不识字，但是每一回有人找她去打零工当死人模特儿，她都会先到垃圾场里去捡几张报纸，问她捡报纸要干什么，她会把头埋在报纸里，好像要找什么珍贵物品那样地说："找活路。"我妈会从报纸上剪下几个看起来比较顺眼的字，带到工作的地方，逢人便问她剪下来的字到底是什么字，"什么字有差吗?"有人问我妈，我妈笑得有点腼腆地说:"没差啦，只要不是'死'字就行了。"后来我才知道，我妈剪这些字，是为了躺棺材时，用来垫在身体底下的。"为什么要垫在身体底下?"我问我妈，我妈听到我的问题，提起食指，在我额头上用力地戳了一下，"我要是跟你一样憨早就死翘翘，那些棺材板是睡死人的捏。"我嘴角歪斜，听不太懂我妈的话，继续问我妈:"那跟这些字有什么关系?"我妈举起手，好像要打我，我拱起背，等着让她揍一拳，但是她只是弹了我的耳朵一下，神气地对我说，你懂什么，我只要把这些字挡在棺材和我之间，死亡就不会找到我身上来了，而且反差愈大的字，就能离死亡愈远。

我听我妈这么说，后来就学我妈，经常帮她剪报纸字，然后到处问人，尽量挑选"乐""生""富贵""财富"这些看起来很好的字让我妈带去棺材里。

我去看过我妈死在棺材里的样子几次，那模样跟我看到我妈躺在山坡上等死很不一样，因为场子里有好多人正在看我妈死，好热闹，而且我妈穿的、抹的、戴的，怎么看都像明星，尤其当我妈闭上眼睛之后，好多刺眼的闪光灯对着我妈闪来闪去，像烟火，仿佛在庆祝我妈死亡。

"你是死人哪，脸色这么臭，躺在里面是一种酷刑吗？别人看到你这种脸，谁还敢跟我们买棺材？"有个男人坐在很高的架子上，肩上还扛着好大的机器，对我妈大吼大叫，那个男人我听会场中的人都叫他摄影师。

我妈听到摄影师的话，立刻从棺材里蹦起，朝镜头不好意思地咧着嘴笑，然后摆了个撩人的姿势，把摄影师吓坏了，"干吗？也不看看你那张死人脸。"我回头看看我妈，只见我妈脸色很难看地又躺了下去。

我妈躺下去的瞬间，从眼角瞄到我的身影，又突然蹦起来指着我："要死了，来这里偷看做什么？回去看我怎么打你！"我以为回去之后，我妈肯定把我打个半死，但是那天晚上我妈下了工之后，我妈却笑嘻嘻地带着咸粥和几样别人吃剩的小菜来给我吃。我不是没吃过咸粥，但是那天的咸粥是我这辈子吃过最好吃的一次，因为一整个吃粥的夜里，我妈脸上都堆满笑容，把咸粥的滋味添了几分的甜味。

那天夜里睡觉的时候，我跟我妈说，我明天还想再吃咸粥，我妈摸着我的脸蛋，说："我找到你爸了，明天带他回来见你。"那时我才了解为什么我妈一整个晚上心情这么好了。

那天夜里我翻来翻去兴奋得整夜睡不着，一直在想我爸到底长得什么模样，不知道他还认不认得我（虽然我爸离家时，我还在我妈肚子里，但是我还是希望他能一眼就认出我来）。

隔天，我妈带着一个男人回来："叫爸爸。"我妈把我推在男人面前，要我认亲。我张开嘴，仰望那个男人，声音却卡在喉咙，叫不出声。那个男人我见过，他就是那时候不顾我妈在睡觉，硬是把我妈抓去躺棺材的那个长得既斜眼又有点恶心的男人。

我妈推了推我："还不快叫？"我愣愣地看着那个男

人，然后回头对我妈说："他是我爸吗，我爸长得这么丑吗？"我妈举起手要甩我巴掌，但是却被斜眼男人挡下。

斜眼男子嘿嘿笑了一声："以后你和你妈都是我的，这个意思就是我想怎样就怎样，要不要我示范一次？"斜眼男子一手捏着我的脸，一手撩起我妈的衣服，在我妈的胸脯上摸来摸去。

我妈推开斜眼男子说，在小孩面前别这样。斜眼男不但没理会我妈的话，反而一把把我妈推倒在地，还要我妈自己把衣服脱光光。

我妈像是疯了那样，一边笑一边叫。我从来没见过我妈那么快乐地笑过。看着我妈对那个男人笑出一张幸福的脸时，我知道我妈已经离我很远了，不再是原来那个妈了。

后来那个男人就把我和我妈住的地方当他自己的家，想来的时候就把我妈推倒在地上，不想来的时候就拿着我妈给他的钱，不是出门赌博就是出门买醉。

大部分的时候斜眼男人回来时，都是喝得醉醺醺的，满身酒气，那时候我就会瞪我妈一眼，觉得我妈真的是活得不耐烦了，没事找这样一个男人回家。

斜眼男人没有回家的时候，我妈仍旧持续着活体死亡的演员工作，到处去当死亡产品的代言人，如果电影有需要躺棺材的替身，偶尔也会找我妈去客串临时演员。

我妈用死，养活了我和她的男人。

我想，我妈真的很喜欢死亡，我一直以为，我妈死了这么多年都没死成，还从"死"那里得到一份工作，往后的日子我妈肯定能继续半生半死地活着。

但是我不知道究竟是我妈太长时间都在死，把地府掌管生死簿的人给惹恼火了，还是因为我妈死习惯了，这一辈子连她自己到底有没有活过都不知道，我只知道十三岁那年，我妈下了戏，一脸苍白地牵着我的手，走过我家门口，走过村庄长长的山坡地，走到面向东北角的海岸山坳，然后愣愣地望着山脚下，什么话也没说。

我问我妈："怎么了？"我妈摇摇头，竟然跟我说起躺棺材的滋味。

　　我妈说，棺材有分属土的和属火的，属土的比较厚重，也比较贵，是属火棺材的十倍价钱，但是相对地躺起来比较舒服，而且有檀香的味道；属火的虽然比较轻，也比较便宜，但买这种棺材不如不买，因为买了很快就要跟着死掉的人一起送进火葬场，烧成灰烬……我拉拉我妈的手，又问："妈？你怎么了？"我妈摇摇头，大概是累了。

　　"妹仔，阿母要是累得起不来了，你要记得把阿母一半撒在海里，一半撒在山上好了……想来真可笑，我一直要到死了，才能走出这个地方。""妈？你到底怎么了？"我又问。

　　"妹仔，这个地方不是人待的，再待下去，肯定会死，你能跑多远跑多远。"

　　我妈自言自语，像是说给自己听的，又像是说给住在这个小村庄里的风听的。

　　风带着我妈的话，在山壁上、山脚下，这里撞撞那里碰碰。

"妈！回家了啦！"我从草地上爬起来要往回走，但是我妈却牢牢地牵着我的手不放。

我妈从口袋里掏出早上我剪给她的报纸铅字，问我："你知道这是什么字吗？"我看了一会儿字的形状，得意地说："这个字是活着的活。今天早上，我特地去问山脚下杂货店阿婆，要她告诉我'活'是哪个字。不过那个阿婆好奇怪，指了好多字都是活，我就把所有的活统统剪下来了。"我妈摸了摸我的头，嗯了声，许久才说："阿母今天躺棺材的时候，把它压在身体下面了。"我仰着小脸，等着我妈夸奖我，但是我妈却僵着脸："做我们这行的，什么字都可以不认得，但是这个字一定要记住……"我点了点头，不太清楚我妈到底要说什么。

"妹仔，这个字不是活，而是……"我妈的声音很小，小到我听不清楚她在说什么，但是我却全身战栗。

我和我妈一直在山坳处坐着，直到落日把海面染成血色的猩红，我闻见从我妈身上传来一种尸体腐烂的气味。

"我今天真的是一脚踏进棺材里了。"我望着我妈，我妈却一动也不动。我不断地仰头看看天空，再回头看看我妈，我妈仍旧静静地坐在山坡地上没有动静。

就这样不知道坐了多久，我看见天空开始下起黑色花瓣雨。不多久，整个村庄到处都开满了黑色花瓣雨，满山遍野的。

"已经七月了啊，妈！"我说。

我扭过头，看见我妈已经被黑色花瓣雨覆盖、淹没。我想要帮我妈拍掉身上的黑色花瓣，但是伸手轻轻一拍，我妈连同身上那些黑色花瓣瞬间都化成了灰烬，然后向村庄面海的海上或往靠山的山背上飘去。

在那之后，我开始学着一个人在金山的小村庄自己长大。有时候我会躺在山坡上或棺材里品尝死亡的滋味，有时候也会跟我妈一样对着斜眼男人又笑又叫。日子过得痛苦的时候，我会摊开地图，望着金山这个地方。

金山真是一个奇怪的地方，它明明就在东北角，一个迎海又靠山的地方，我一直以为一个能够同时位于两种地理环境的地方，我应该不是要往海上泅泳而去，就是该往山的另一头奔去，但是奇怪的是，为什么这么简单的路，我却哪里也去不了。哪里也去不了的时候，我渴望看见满坑满谷，一瓣瓣在空中飞舞的黑色花瓣雨，降落在村庄的这里、那里，将村庄里所有的人全部都覆盖。

（本文获2006年第二届林荣三文学奖小说奖二奖）

红·黑蛾

我爸还在我视线里活着的那年，我一直以为我也还活着。

活着并不是一件难事，尤其在西门这个小町地想活下去，就更容易了：水银探照灯一照，到处都是吃剩的汉堡皮、花枝面团、盐酥鸡米屑，随便捡都满满一大袋，活下去根本不是问题。就算不捡那些食物来吃，等晚上一到，水银街灯一亮，沿着街道啪啪飞满了大黑蛾，把整条街的灯光都打得一闪一闪的，用网子随便一捞，爱吃多少就有多少。

我爸就是专门在西门町吃这种黑蛾为生。

他说每一只黑蛾都有自己的故事，我抬头对我爸说，有故事你还吃人家。我爸一巴掌呼过来，把我的耳郭子打得热火，他说，干咧，不吃进去恁爸怎么知道它的故事是甜的苦的还是涩的。

我不知道飞蛾有自己的故事是真的还是假的，我只知道我爸自己做的活体实验证明，其实只要有水喝，根本就不会死。

我爸在来西门町干起吃黑蛾的勾当之前，是个干街头表演的，只是他的表演内容是那种没有人会欣赏的。照我爸的话说，他的表演不需要有人欣赏，因为一旦被别人欣赏，奖赏不是尖叫、甩巴掌，就是到警察局一日游，这种奖赏他领得很多，够了。当时我爸表演的地点就在人潮众多的车站或菜市场，直到我爸下定决心想改行，我们才搬到西区靠近中华商场后面十二街的黑巷里。

我爸说，住在中华商场附近最好了，晚上都不用点灯，可以省很多钱，因为商场顶上的霓虹灯很亮，亮到连行人在黑夜里走过，都像镀了一层金箔那样明亮，连影子都找不到。我不知道我爸住在破烂的巷子里到底可以省下多少电费，我只知道我爸算盘打得太早了，因为晚上一到，我爸的骄傲——霓虹灯广告牌的灯源立刻被大批的黑蛾抢光。

活着既然那么简单，照理死亡相对就变困难了，但死过的人都知道，死亡跟下地狱一样容易，尤其对我爸这种随时都在杀生下地狱，又轻易靠杀生活着的人而言，生与死不过就像水彩颜料，活着与死亡都是互相渗透交杂，关键只在于颜色的比重。

如果我爸是蓝天空，我妈就是到处泛滥也顺道滋润土地的黄江河，那么我就是他们生出来的青草地。但我爸这个不知道是蓝（男）人还是鸟人的人告诉我，在这世界上，根本就没有纯正草地绿这种颜色存在，尤其在这种鸟不生蛋连燕窝也没有只有人窝的年代，每个人都只能是红的，因为诞生的喜气和死亡的血迹都是这个颜色。我爸在说这个话的时候，嘴里正嚼着黑蛾，嘴角还流出一道黑蛾的汁液，那分明是绿色的。

　　在西门这个热闹的小町地里，诞生是天天都会发生的事，有些热闹，有些不但不热闹，还有点悲伤。我好奇地问我爸，怎么知道哪里的出生热闹，哪里的不热闹？我爸得意地拍着大腿，说："这个问恁爸就对了，你看那是什么？"我爸用手指着头顶刺眼的大火球，我看了太阳一眼，又看看我爸，对我爸露出迟疑的眼神。

　　我爸突然用手呱叽地从我的后脑勺打下去，说："死团仔，看不起恁爸，叫你说你就说。"我小声地说："太阳。"我爸举起手，我以为他又要打我，但是他只是指着地上阳光照不到的街角说，明明头顶那么热，又那么刺目，但是不管它多亮，地上还是有黑的地方，这样懂不懂了。我摇摇头，我爸叹气："你真的很憨，意思就是谁出生在亮一点的地方，谁就热闹，知不知道？"我点点头又摇摇头，说："人又不是虫子，谁会住在黑不见底的地洞？"我爸皱眉："憨团仔，在这个人窝满天飞的时代，黑的都会变成白的，没有什么不可能啦，以后人家要是问你是什么颜色的，你要说什么？"我大声地说："红色！"我爸一听，狠狠地用指尖拧着我的右脸颊，说："什么红的，真不怕死，不管什么颜色，你都不能说，知呒！"我噙着眼泪说："可是你以前不是说不管活的死的都是红的？"我爸脸色铁青："以前是以前，现在是现在，难道以前的香肠放到现在还能吃吗？"我听不懂我爸说的话，我爸气得只好卷起短得不能再短的裤管，几乎要卷到腰部上去，我缩起身子，等着让他狠狠踢我两脚，但是他只是敲敲我的脑袋，要我仔细看着他神经萎缩的右腿，问："恁爸的这只腿是什么颜色？"我说："烧焦的颜色。"我爸说："那就对了，不管什么颜色都不重要，只要活着就对了。"

我不知道我爸话中的意思，我只知道我一直到后来长大才知道，燕窝是用燕子的口水做的，而且是那些住在离阳光很近以及住在霓虹灯或镁光灯底下的人常吃的东西，但人窝是什么我就不知道了。

不过话说回来，人窝是什么一点都不重要，重要的是在小町地里的死亡，比起出生有人情味多了，照我爸的话说就是比较照顾弱势团体，意思就是越穷的人死得越热闹，围观的人也越多。

在这个世上，只要有围观的人群，就有商机，管别人是活的还是死的，总之时机是自己创造的，我爸专门在人多的时候吃黑蛾，有时人太多，忙不过来的时候，他就会叫我一起表演。我对那些蛾根本没什么兴趣，我宁愿饿肚子，也不愿意表演，尤其在表演之前，还得先把它们的翅膀拔了，有时嘴巴里的蛾身都已经嚼烂了，手上的两瓣翅膀还在扑扑地拍动，恶心死了。我问我爸，难道他不觉得恶心吗。他回答说："这个世界上，不会有任何一样东西比没钱更恶心的了。"

西门町里什么样的人都有，男的女的还有打扮忽男忽女既男也是女的各色人物，而且不管好事坏事混蛋事都会有人围观；不管摊贩卖的是鸡肠鸭肠还是不正常，什么都会有人抢着要；任何交易不管有市没市总能找到买家各自试一试，这里什么都有，只除了一样——同情心。因为不管我爸怎么卖力表演，铜板掉的声音都比眼泪滴在地上还凄凉。

当飞蛾漫天盖地地把小町地的灯光全都吸走，小町地的人群就会像潮水缓慢退去，然后居住在这里的人会听到从更远更深的巷子里，传出像猫一样的哭声。

每天，当太阳落到西门圆环背后，哭声就会像雨丝，细细小小以一种不惊扰人潮的举动，开始沿着街角的阴暗向天空爬去，住这里的人都知道，伴随哭声一起来的，还有一种花粉的味道。那种花粉很呛，有时还带着刺鼻的苦味。当花粉在空中飘荡变成晚霞，被吸进每个人的鼻子里后，便是飞蛾压境的黑暗了。黑暗中，除了哭声，还有男人的笑声。

第一次闻见花香的时候，我以为离家出走的我妈来接我了，因为我妈身上也有这种花香味，我一辈子也忘不了。我高兴地拉拉我爸的裤管，我爸却满脸愁容地说：

"弟仔，这个地方需要我们，以后不搬家了，还有，以后没钱给你剪头发了，恁爸怕别人把你叫错，所以从今天开始，阿爸要叫你妹仔，听到没？"我没点头也没摇头，因为我被像狂风暴雨压境的飞蛾给吓傻了，我只希望天赶快亮，把我从黑暗的哭声中拉回让人充满假象希望的白昼去。

有活人的地方就会有死人，活的越多，死的也越多，因此就算西门这个小町地里死了一个人，也不是什么新鲜事，但是如果死者死在暗处，又是个女人，而且是个全身香得会让人不停打喷嚏的女人，那可就不一样了。

多年以后，在小町地里就发现这样一个死人，只是这个死人并不是个女人，照理应该不会引起任何人的好奇，但问题是，这个人也不是个男人，这个消息让原本看惯热闹的小町地很快刮起了焚风。

那到底是什么样的人，围观的人群从头到尾压根没弄明白过，就连实时赶到现场的医护人员和检察官都分不清楚死者究竟是男是女。这样的死亡在这小町地从来没有过，在惊呼哀叹兼看好戏的人潮中，我仰头看着天空，那时天才刚刚要黑，我看见几只黑蛾已经开始找好霓虹灯准备占领光源，很快地，花粉的香味迅速覆盖围观的群众，而我始终看不见我爸。

我爸来到西门町表演闻到黄昏花香那天，就决定住在这里一辈子了。我不知道我爸是因为这里有很像我妈的花香味，让他流连忘返，还是什么原因，我只知道我爸刚来西门圆环的时候，是到圆环侧边的一家专门卖爵士唱片的唱片行想试试运气和手气。我爸说，那时他还没打算当一个全职的表演者，他还想转行，所以他进唱片行是抱着做生意的心情进去的。

我不知道艺人和生意人的差别，我只知道我看着我爸直着走进去，没多久就被人像垃圾一样横着丢出来。

"再让我看到就打断你的脚！"把我爸丢出来的壮汉在我爸身上补上一脚。我爸的右脚大概是那时候被打坏的，从那天起就一直在变小。那时我爸躺在地上不敢叫出声，直到那个壮汉走回店里之后，他才唉唉叫，叫得好大声，我问我爸很痛吗，我爸举起手，用拳头狠狠地打了一拳，我因为痛，忍不住大哭起来，我爸说："现在你知道恁爸是痛还是不痛了吧……"我一边哭，一边问我爸，以后生活怎么办？是不是真的要去做乞丐？我爸举起手，我以为他又要打我，结果他帅气地拨拨自己的头发，"我生这款型，做乞丐可惜，要做当然要高级一点的。"看着我爸这么自信，我就知道我完了，每次我爸一得意，都不会有什么好结果。我问我爸那之后要做什么，我爸眼睛望向西门町热闹的街道，就在眼睛还看得清楚的地方，有个没有下半身的画家，正在替人画素描。我爸说："决定了，我要当画家！"

我爸这个画家跟别人不太一样，人家作画，是架起画架，拿着炭笔，在画纸上帮人素描，但是我爸却是趴在地上，推着一个小推车，上头放一个破烂塑料盆，用身体一寸一寸地帮西门町这个地方画上看不见的记号。我问我爸："这样像在画画吗？"我爸说："这不叫画画难

道是打麻雀吗？"如果问他："为什么要趴着画画？"他就
会告诉你："不趴着画画，难道躺着画画，躺着画我是要
怎么爬？"如果再问他："为什么要做躺在地上作画的街头
艺人？"我爸就会摸摸我的头回答："妹仔乖，只有你看
得起阿爸，你说得对，我做街头艺人太可惜，我应该上
电视当明星，但是做人不能太贪心，只要有观众的地方，
就要一直表演下去，这是街头艺人的良心。"

我爸有没有街头艺人的良心我不知道，我只知道我
爸没什么耐心，做了一个礼拜就不想做表演了，因为每
次收工，他都会骂那些来西门町逛街的少年仔，说他们
的同情心都被狗吃了，宁愿花那么多钱看电影、买衣服、
抓娃娃，却对他精心的画作假装看不到，更别说丢几块
钱给他。我爸说完，就会低头检讨起来，"衫很破，爬得
也很水，脚也跛得很漂亮……"如果没有意外的话，我
爸最后一定扭过头来瞪我，"一定拢系你没哭的关系！"
后来我爸有一半的时间就改行去吃蛾了，吃饱撑着的时
候才会回来继续在西门的红砖地上画画兼运动。

西门町真是个奇怪的地方，什么样的人都会来，而且一来就走不了了，像我爸。白天的时候，西门町的店家明亮得像打了蜡的猪笼草，进来这里的年轻男女什么都不做，只是尽情地玩，到处都听得到银铃的浪笑；晚上一到，猪笼草的袋口一束，飘散在空气中的笑声消失了，街道开始充满了哭声。

那种哭声，很哀怨，后来我才知道那不是猫，而是女人。女人的哭声有时很细，像冰刨，割人的耳朵，有时利得像尖刀，直刃人心肝，我不知道为什么男人不管听到女人什么样的哭声，都还能笑得出来。每次一到晚上时候，我都会怕得要命，拉着我爸，叫我爸赶快离开，但是我爸却立刻收起笑容，然后掐着我的手说："妹仔，你仔细听了，这是这里最水的声音了，水到会让人感动，听清楚了没？这是天使在说话。"我爸说，哭得越可怜的女人，离仙界越近，是个刚下凡不久的仙女，这种女人我们要心存敬意，不可以瞧不起她。我问我爸，那不哭的女人呢？我爸听了立刻甩了我一个耳光，很生气地说，那是袂见笑[1]的查某，你要是大汉变成那种人，恁爸做鬼也会回来掐死你。

我红着眼睛看着我爸，很想对我爸说我是男的，再怎么样也不可能会变成女人，但是一出口却变成："我是蓝的，不可能变成绿的。"我爸挥挥手说："什么蓝的绿的，我还黑的白的，算了，跟你说这么多真是鸭子听雷，不说了，恁爸要去听仙女讲道了。"然后我爸就不知上哪儿去牵着一个正在哭的女人，恭敬地在小巷子里弯弯拐拐，消失在尽头。

然后我就得回到街上，把我爸留给我的街头艺人的工作扛起来，继续在街上表演。

我不知道我是不是也是一个离天界很近的另类天使，因为每次代替我爸在街头表演，最后都会因为迷路而大哭。每次一哭，都会引来阿姨伯伯注意："夭寿喔，谁的

---

[1] 闽南方言，意为"不要脸"。

心肝这么狠，这么细汉的团仔也要出来赚，恁爸咧？"我望着一个伯伯的裤子口袋，口袋很鼓，我想里面有很多钱，于是我擤擤鼻涕，忍不住抓了伯伯的裤子口袋："我爸去陪哭了，阿伯我想要这个……"我一抓，每个人都笑了，说我还小就懂得赚，长大一定不得了。阿伯称赞我表演得好，给了我不少钱，所以每次我爸去听仙女讲道回来之后，看到我赚的钱，都会说我比他还有表演天分，要我继续走艺术这行，但是我其实不太喜欢这个工作，因为每次迷路一哭，阿伯叫我妹仔的时候，我都要忘记我到底是蓝的还是绿的。

西门町对我来说，不管走了几次，我都会觉得很陌生，代替我爸在街头表演的时候，我会觉得西门町明明看起来很小，但是为什么每次都迷路？而且有些路明明很宽，但是一走进里头，却挤得很，原本该踏在坚硬地板上的脚，都踩在别人的脚上去了。

西门町的道路很多也很杂，每次一走到尽头，就连接着另一条小路，好像永远也走不完。我爸说，做街头艺人的，路最好永远走不到尽头，他说，不管是迷路还是没有尽头都好，这样才可以一直表演下去，才有机会讨到钱，因为路一旦走到尽头，人生好像也玩完了。我爸说："要不然这么小的地方，谁走得下去。"

　　不管是画家还是吃蛾，我以为我会跟我爸做街头艺人做一辈子，但是在我十四岁的时候，我爸不知道是爬腻了还是吃蛾吃到反胃了，有一天突然找来一个阿伯，然后捏着我的脸说："妹仔，叫哥哥。"我望着那个阿伯，觉得我爸大概是疯了，因为阿伯比我爸还要老。"妹仔，你大汉了，做这款工作不适合你，这种辛苦的工作阿爸自己来就好，你现在要去学做仙女。"我不知道我爸在说什么，我只知道我看到那个阿伯口袋鼓鼓的，好像很多钱。我问我爸，仙女可以学得来吗？我爸拍拍我的头，说："仙女也是街头艺人的一种。"我又说："可是我是蓝（男）的……"我爸抓起早上帮我绑的辫子说："什么蓝的绿的，现在你是红的了，跟这个蝴蝶结一样，是很漂亮的红色，知呒？"我点点头。我爸又说，记住阿爸说过的话，不可以离天界太远，不然阿爸做鬼也不放过你。

我爸说完，就沿着小路转大路，然后就再也没有回来过。我爸离开的那一天，我身边便围绕着许多飞蛾，赶也赶不走。

我爸走后，我开始做起另一种的街头表演工作。我和我爸表演的内容很像，但是也很不一样，我爸爬的是西门町的街道，而我爬的范围很小，就只是一张床。开始表演前，我会拉开化妆台的小抽屉，将一盒装满的昂贵红色花粉，一层又一层地铺在脸上。花粉有时很香，有时也很呛，后来我才知道小町地的花粉所以会那么呛，是因为这里的花粉都不是从蝴蝶脚上筛下来的，而是从黑蛾的翅膀上抖下来的。

被花粉呛得受不了的时候，我会打开窗，望着西门町的热闹街道。我幻想着也许有那么一天，从我身上飞出去的黑蛾能飞到我爸的表演场。但是直到多年后，小町地里的暗处死了一个人，当黑蛾降临，花粉的香味覆盖住围观的人群之后，我才明白我爸说对了一件事，就是从那之后，我真的变成红的了，但是我爸也说错了一件事，那就是我无论如何也做不了仙女，顶多是只一样会飞却飞不远的红黑蛾。

西门町真是个奇怪的地方，明明到处充满了花香，却没有任何一株花在这里生长；明明早上还是个晴天，晚上却会下起女人哀怨的哭声细雨，把我一直困在雨里头。

敌人来了

我娘瞎了，连她唯一的儿子长什么样也蒙不准了。

我娘还没瞎之前，我们就住在勺花村背海的南面，饿了就吃绵羊奶子做成的奶酪子，冷了就穿绵羊身上毛料做的衣裳，我娘和我相依为命，日子倒也过得安稳。

我娘瞎了之后，什么事都变了，她比往年更疼我，怕我穿不好，每天都会为我织新衣，缝新鞋，那些新衣新鞋不论我怎么小心穿，总是一天就坏，我娘只得再辛苦地为我做新的；我娘也怕我吃坏了肚子，每天要吃的粮食，总是细心地烹煮，就连锅里吃剩的渣渣，也从不让我吃，总是自己抢在我前头一口吞进肚子里，就怕我吃坏了身子。我娘说，她病了不要紧，但是我是这个家的支柱，不能病。我想我娘真是太疼我了，这世上再没有人能像我娘那样亲热地待我。

我娘对我好，这个村里的人都明白，谁不知道每天我带着两只绵羊上田里啃青时，我娘就会立在门外，扶着门柱，瞅着不明不白的眼珠子，就盼着我回来。一等我回来，我娘就会赶紧将两只绵羊的绳头接过去，捆在自己的手弯里，就怕我累着。

这个村，不止我娘变了，其实全村的人都变了，自从听说钉子（驻防军）要从海上攻打这座海防小岛，村里村外连绵十几里很快地接到上头的命令，上头给村人的命令就是，不想死的后方有地雷炮，想取多少就有多少。我不明白村人是不是把地雷炮当成是击退敌人的最后希望，还是把那玩意儿当成了村里最新的把戏耍，我只知道那时村里的每一个人，几乎人手一颗地雷炮，像玩捉迷藏那样把地雷炮藏到别人找不着的地方，有的为了防贼，甚至把屋子外围的篱笆下都埋了一圈。村里的人一边失心疯地埋地雷炮，一边还乐活地喊着："敌人来了！"

钉子敌人最后不知是什么缘故，始终没来，但是地雷炮这个看不见的敌人，却大剌剌地进驻了勺花村。

我娘是村里第一个从这游戏中清醒过来的人，当她颤着声音，对村人说"敌人来了"的时候，不远处还有地雷炮引爆的轰响，后来才知道那个响声炸的正是我爹，那时我才十岁郎当。

敌人从那时起，开始跟村人玩起躲躲乐，而且一玩就是好几十年不曾休息。

我不知道我爹是不是我娘的敌人，我只知道我爹还在世的时候，整日只知道找乐子，什么庄稼农事也不干，那时我娘恨死了我爹，但是我爹被地雷炮炸得不见尸骸之后，我娘开始恨起了这一只只看不见的敌人。

敌人来了之后，什么都变得不一样了，就连这个村的名字也变了。

勺花村原本不叫勺花村，早些年叫什么我也记不太清楚，不知道是叫金沙还是金风的。我只知道这里三面环海，一面向山，一年里有九个月都刮强风，日子一过了热暑，风就会从东北面的海上刮来，把沿海的碎沙漫天盖地都吹进村子。不消几分钟，村里的井水、刚浆过的衣服、新生下的初生儿，全都灰蒙蒙覆上黄沙一片，村人和村人说话不是眯着眼睛就是捂着嘴，有时连嘴巴都懒得开合，几个手势和眼神就交代了所有事。

原本这个村子对外还连接了几个村庄，翻过山头就到了，这一带地方虽然不产金子，但是村外的镇名，不是叫金城、金湖就是叫金宁。我娘说，她还是姑娘的时候，那时她还没迁移到这儿，听说这里什么都冠上了一个金字，还以为这里连门都是金子做的，哪里知道渡海来到这儿，她才什么都醒了，也什么都看清了，这里说穿了，不过就是个沙城。

自从我娘瞎了以后，我不知道外头那些村子是不是也改名了，我只知道我娘在瞎了眼睛的来年，她在黑咕隆咚的房间里，听见不远处有地雷炮的响声后，突然大喊："勺子花，石头，快来瞧瞧，是勺子花开了。"我摸不着脑袋地打开屋门一看，屋外景色如昨，空气中还是飘着一层沙，但在黄沙后头的山坡上，真的朦胧地飘下一朵朵的粉中带红的勺子花，我扭头对我娘说："娘，你眼睛好了？"我伸手在我娘面前挥过来又挥过去，只见我娘瞅着一对茫然的眼说："石头，我是瞎了，但是有些事瞅得更明白了，咱们是生茬摘瓜连蒂苦，谁也离不开谁，我可怜的石头……"

我娘说这话的时候，眼睛已经像烂糊那样黏稠在一块儿，分不出哪里是眼窝哪里是眼骨。我娘话才刚说完，掉在庭院里头的勺子花被风一吹，花香全飘进屋里，那花虽然香，却不是芬芳的香，而是那种能让肚子饿得咕噜叫的滋味。这会儿我全明白了，我娘的眼睛不仅压根没好，就连我的眼也差点让这儿的强风给蒙拐了。我走到庭院捡了一朵勺子花，回头对我娘说，娘，这勺子花可不是普通的勺子花，晚上能加菜的。我娘捧着勺子花，高兴地猛点头，说："嗳，好咧！"

从那时起，村里的人便开始跟着叫这儿是"勺花村"了。

我以为，我这辈子都会是玩躲躲乐的高手，轮不到我当鬼，但是日子久了我才明白，这种游戏刺激的地方就在于，没什么事能说得准的，什么都有个意外。

那是起大风第二个月圆后的清晨，沙地里吹来四尺高的沙墙，把青稞都给吹翻了衬裙。在这种寒天里，村子里用来防风镇沙的狮爷们根本起不了什么作用。村里人明白，娘明白，就连我也明白，有没有用都不重要，因为我们戒不掉的，是心里的凶煞。

这天，我顺着回家的路，一步挨着一步往家门走去，我越往家走，跟在后头的人就越多。人越多，我的心就像绷紧的鼓皮，他们想要的是什么，大家心里明白，他们要的不过就是一朵勺子花的施舍。

直到现在，我连事情怎么会发生到这步田地都还搞不清楚，我只记得一早，我同往常一样，顺着平时走惯的老路，在屋外告别了母亲，赶着家里仅存的两只绵羊到野地去啃青。我娘在我离开前，还不忘跟我说："小心敌人，回来路上要是看见勺子花开，别忘了摘一朵回来下菜。"我点头说好，跟我娘说，天凉，回屋里等我回来。

但是我娘担心我拐错弯，踏错路，不小心让"敌人"黏上，所以说什么也不肯进屋休息，一定要站在屋外等我比较安心。

其实敌人埋在村里都这么些年了，村人惯常走的路该炸的都已经炸完了，因此这一路上我就是瞎了眼，也能闻着羊腥，跟在羊蹄子后头，不多拐一个弯地走到绵羊啃青的地方去。这个村子哪个地方埋着敌人，虽然没有人知道，但是绵羊却多少能嗅到一点铁锈的臭味。吸着铁臭养分的草，不管长得多旺，绵羊连看一眼都懒，更别说吃进肚子里。

我不忍心忤逆我娘的意思，牵着羊走了。

我一路跟着绵羊，还没走到啃青的地方，我发现绵羊虽然枯瘦，身上的毛卷子却都发齐了，像我头上虱子一样多，越看，我的心里就越发踏实。今年，我娘又有足够的毛卷子能帮我做御寒的冬衣了，只是我娘不知道是不明白我已经不是从前那个矮个子的石头，还是什么缘故，总是把袖子短少了几寸，领子也小得扣不起缝来，更重要的是都经过这么些年了，从前那个毛躁的年轻石头早就不见了，我的体力一年比一年差，但我娘还老是像从前一样，只打了单面薄料的衣服给我御寒，不论我怎么提醒她，好歹得弄个双层的里子，但她总是糊里糊涂地把这事全忘了。

看来我娘的脑袋和她的眼睛一样，都老得不像话了。

看着绵羊茂密的毛卷子，我心里虽然乐，却没敢休息，盯着羊屁股，直往东边的荒野里去。路上，我遇见村口王七麻子一家，和那只眼睛里老是翳着一层黄色汁液，脚瘸得不像话的老监牛（如果老老爷还活着，恐怕也不至于沦到那副德行）。

现在回想起来，一切都是从遇到他们开始的。

王七麻子他们一家就坐在老监牛的背上，连全部家当（几张发酸的烂褥子和几个盛不了水的破碟子）都系在上头，他们像是叠人墙那样一个压一个，见我走过来，便歪脖屈腿地横着跟我打招呼：

"石头是石头！瞧我们多神气，能见着石头。"说话的是王七麻子他娘，他娘嘴上说的是美事，但两只眼睛却是骨碌碌地透着邪。

麻子他娘虾眯着眼，说话时，既不瞅我一眼，更别说会对我娘亲手为我新做的乌丘鞋夸上一句，她的眼尖得像只恼人的蚊子，偷破绽似的，在我那两只珍贵的绵羊身上上上下下直滴溜。

"麻子，你可要好好地跟石头道别啊！"他娘挑了挑眉，使了个眼色嘱咐麻子。

"石头，我走啦，村里青稞一天天少了，当心绵羊饿晕头，落得和我一样下场……"麻子指着他脑袋上拳头大的窟窿，窟窿上还不时淌着脓血。

麻子一头烂糊脑袋的样貌全村的人都看过，就连我娘也见过。在我娘的眼睛还瞅得见东西时，麻子就被他自家那群饿得迷二巴糊的绵羊给带进死亡胡同，要不是麻子跑得快，在绵羊一脚踩上地雷炮时，及时滚进石堆下，可就不只是后脑勺被炮弹溅起的干土块打坏半边脑袋，恐怕连命都给刨了。

但自从我娘瞎了之后，麻子的脑袋不但没好，现在还更糟了，几里外就能闻见从麻子头上散发出来的那股脓酸味儿，臊得没人敢近。这不能怪麻子，其实村子里里外外哪一个不是缺胳膊断手臂的，就连我娘的眼睛不也遭惨，比麻子更严重的天天都上演着，为了看得见的敌人，沾上看不见的敌人，这是我们这村的命，早就该惯了。

"……石头，这村不行啦，缺腿断臂的都走了，你还完整，留下来千坏没个好，只会图人眼红，就连你那瞅不见明的娘不也是……"麻子说。

"呸！"我朝北风中啐了口痰，那口痰却旋即"啪嚓"地吹打在我的脸颊上，我左手抹痰，右手指着麻子的鼻子，嘴上恼火："冷灰爆不出火来，村里村外谁不晓得我娘就我这么单根独苗一个儿，她眼虽然瞅不见了，但照样年年给我打棉袄织衣补鞋，日日呵我暖，啥也没短我，我们好比黄连和苦楝子，苦虽苦，但苦得心里踏实……"

"行了、行了，没人让你弃了你娘，瞧你紧张的。"麻子举起手算是投降我了，"石头，跟你说实了吧，"麻子神色不定地抬头瞧了瞧他娘，好一会儿才下定决心似的对我说："我是想告诉你，你时来运转要换穷啦！"

"怎么着？"

"别说我没兄弟情，小声跟你说了，钉子没来以前我就听我爹说了，这地方村落的名字上到处都有个金字，你猜为了啥？"

"为啥？"

"你还真不明顶，当然是这地方从前藏了大量的金子。"

"不可能，我娘说了，没这回事。"

"那是你娘不知道，这种秘密要不是你是我哥们儿，我也不会告诉你，这事千真万确，只有像咱这种在地方上的老根才会知道的事。"

"既然有金子，在哪儿？"

"埋了许多金子在村外的那口大井里，只要过了村外那条沟……"麻子说这话时，远处响起一阵阵惊慌失措的尖叫声：

"黏上、黏上了，要炸啦！"那叫声惊惶中又带着兴奋。

听到这种声音，不用说，谁都知道村里又有人遭惨，让敌人给黏上了，但也有人正为这事乐着呢，我娘的眼，也是为了寻这声音，而伤瞎了。

不多久，"轰"地发出一阵巨响，脚下的泥地便像池塘里随风起漪的荷叶，微微地晃动起来，不远的天空勺子花开了，随后便像雨一样纷纷落下，粉色带红的勺子花映染了村里每一双眼睛，美丽极了。

耳蜗听着远方的余响，我努了努下巴拐子，对麻子说：

"听听这响仗，麻子，你瞎唬别人还行，却瞎唬不了我，谁都知道钉子走后，村里最多的就是'敌人'了，往哪儿站，往哪儿踩，都硌得心慌慌，若真有金子，恐怕也早给人挖了。"

我知道，我娘也知道，麻子不应该不知道。咱这个村，早已不是以前那个牵着徐狗，架着鹰，到处可以玩拉扭、放鹞子，怎么过活都是一把无云一把幽的勺花村了。现在这个村子，就剩一屁股穷，连驴子屙屎也能招来大伙拼了命地抢，只为几颗消化不净的玉米谷子，要是没抢着闻个屁味儿也是好，缓和吃食的欲望。

每个人都想逃，但是就是没人能逃得出敌人的五指山，奔活到外头去，谁一旦让敌人给黏上，谁就成了咱村又怕又恨的敌人。只是，不知道从什么时候开始，自从村人无论怎么也生不出粮食的那一刻起，敌人的出现就变成村子苟延残喘的希望。我娘说，那是老天在帮助咱们村，在咱这块土地上，播了勺子花的种子，解救村人的苦难来了。每回听见地雷炮的响仗之后，就是勺子花开花的时刻，勺子花不仅漂亮，还很香，更重要的是它能填饱村人一餐的饥饿。

我压根不信麻子胡诌村口有金子，只是虽然不信，我却没有立即扭头放羊啃青去。我想，那时我是被不知名的什么给迷住了吧。

"说你是个石头，你还真是个石头，明白点，你想想，当初咱村子里的人没事干啥在村口埋了那么多地雷炮，是为了什么？"

"为啥？"

"当然是防偷贼呀，住在这里的人都晓得这件事，他们都不想别人抢在自己前头把金子抢去，这么明摆的事，你怎么会不晓得呢！"麻子坐在老监牛的背上，他一边同我说话，他娘却一边"喝、喝"地赶着监牛，我只得仰着头，一边听，一边提腿小步跟着。

"是么？就为了这缘故，他们宁愿把自己用地雷炮困在村子里，这不更傻？"麻子不说还好，他越说，我的心就咚咚地直打鼓，多年来，我等的就是这一刻。我想，我终于为我娘和我找到了新的活路。

　　只是我不知道麻子一面同我说话，他娘却趁隙把我那两只绵羊，全都给拴绑在老监牛的屁股垴上。

　　"要不这么着，跟我们一块儿，等你发达了，再回头耀你娘的光，省得在这儿受村里人的红眼气。"

　　麻子这话真打动我了，钉子撤退后，我们勺花村的日子就只剩地雷炮，村里角落堆得最多的就数坟坑，若有机会谁不想过过好日子。我心一横，不撞南墙不回头，真跟麻子挖金去。

　　但是我才提腿儿往前跨了两步，我娘为我缝的乌丘鞋便提醒了我，不是不能去，只是我恐怕还没走到村子口的那棵大槐树下，我那十根早已冻黑的脚趾，恐怕就要把比纸糊的还薄的鞋底捅出大口子。若真能幸运走到村外头，腰间上，除了爹的牙，捞不出半点银钱的束袋不把我饿死，身上的薄料也会把我给冻死。

　　我这才终于明白，我想不到的事我娘全想到了，我娘疼死我了，她对我的爱把我照顾得实在太好了，自从她瞎了她就想得更周全了，连十几年后会发生的事，她都想到了，就像小燕子是离不开鸟巢的一样，我这辈子是离不开我娘的了。虽然我已经老得不再是一只小燕子了，但是身上的衣服始终没长大过，难怪我娘这些年来，始终跟我说，我这一辈子永远都是她的小石头。

北风掺和着沙，一股脑儿全进了我的眼袋子里，我明白往后这一辈子，不管绵羊身上的毛是如何茂密，那一切的一切，都不是我能过问的。想到这儿，我脑子更清明了，我终于知道我娘说，咱母子俩，谁也离不开谁，说的是啥意思了。

我停了脚步，才想开口对麻子说我不跟他们去冒险了，哪知道我这一停，我看到我和我娘那两只靠活的绵羊，像串肠子一样，全系在老监牛的屁股上，我不知道麻子他娘玩什么名堂，我只知道我要是不要回绵羊，我和我娘这辈子大概也完了，我急得高喊："麻子，我的绵羊喂！"

"借几天使使，等安顿下来，加倍送还给你。"麻子一面说，他娘一面赶命似的拼命打着老监牛。

我听不明白麻子话里的意思，我仰着头问麻子："借几天是可以，倒是你啥时回来？"麻子一听，眼睛却湿了，他说："我的好兄弟，你的脑袋真是颗石头，你和你娘就好好去吧，到时开出漂亮的勺子花，让勺花村的天空再次布满勺子花香就行了，那才是身为人的价值。"

我没听清麻子说的是什么，于是迈开步子追起老监牛，以及后头那两只绵羊。那只老牛是不行了，它一面跑，眼泪噙得跟什么一样，我不费功夫就赶上老监牛的速度。

"麻子，你说什么花香？我没听清……"我说。

麻子他娘一看见我跟上老监牛的屁股埂，随手抓着什么，就往我脸上砸来。

"说什么都不重要，重要的是你怎么不去死呢！"麻子说这话的同时，麻子他娘刚好丢完了几个破碗瓢盆，他娘几度抱起卷在监牛背上酸臊的烂褥子，想要制止我的追赶，但是我一眨眼，瞧见他娘揪起的，却是麻子的脑袋勺子。

"石头，你再追，麻子就是你害死的！"麻子他娘突然发狠地朝我大声嚷嚷。

我还真是吓得愣傻了，耳朵响着麻子叫我去死的话，眼睛看着麻子他娘就快要让自己的儿子死在我面前。这究竟是怎么一回事？

麻子早料着他娘会有这招似的，反手一扳，就擒住他娘的威胁：

"我死了将来谁给您送终……"麻子一面宏声粗气地说，一面想拉他娘下监牛的背，就这么一用力，麻子脑袋上呼呼淌的脓血更多，那股腐朽的腥臊味儿搅和在冰冷的空气里，比羊尿臊臭还棍棒。

我捂着鼻子，杵在青黄泥土路上愣瞪地看着。没多久，不知是麻子和他娘扭打得太厉害，还是老监牛不行了，我才一眨眼，他们就全倒在地上了，也不知是怎地栽跟斗的。看他们俩都平安了，我总算松了一口气，毕竟是一家人，我才想要上前调和他们，没想到我正神一看，发现老监牛屁股埂上，我的绵羊吓得一蹦两蹦窜得不知去向。

住在勺花村的人都知道，这村里的东西要是落了，等于是老天爷打赏这村的，谁先捡着就是谁的，这么一着，我哪儿还管得着在泥巴地上扭打到一块儿的麻子和他娘，找绵羊要紧。

遥远地，我瞧见村里已经有人操刀带家伙，成群地赶来准备想要分一杯羹。我心里一慌，火三火四地蒙了眼，顾不得认路，东窜西跑地费了好半晌的功夫，好不容易赶在别人前头，从泥巴坑里逮回了一只绵羊，才想再提腿儿跨步寻另一只羊……属于我的游戏结束了，熬了这么些日子，我还是逃不过这村里的命。

我抓着绵羊，才刚想上了泥巴坑，隐在泥地里的地雷炮便像只大蛤蟆，张着血盆大嘴朝我一蹦跳，一口咬上我的小腿肚儿，痛得我浑身使软。

我娘不论怎么提点我，我终于还是步上爹的老路，成了另一个地雷炮人。

我站着，静静地站着，看天上的白云飘过来又飘回去，一向闹饿的勺花村突然寂静极了，不知过了多久，也不知怎地，我竟然听见死去的爹的叫唤……

"石头，咋勒？你咋杵着不动？"

我一回神，不是爹，是我娘的亲弟弟来了，那个住在坟坑堆里，缺了一对胳臂的万二爷。

"没事，绊伤脚而已。"我没敢说实话。

"咋勒？俺是你的舅，有啥事，俺会替你想办法……"万二爷眼上眼下瞄着我的腿儿，嘴角往上咧了咧，"踩上炮子口啦？"万二爷眯着眼，"好、好，你放心地去吧，你娘我会好好照料，那只羊……，信了俺呗，俺会亲自交给你娘。"我娘有这样的好弟弟，后半辈子不用怕了，要不是我娘在家门口等着我回家，我还真想把绵羊交给他。

没心思理会万二爷，我紧揪着绵羊，心里乱如麻。一会儿想起同样被地雷炮炸死的爹，一会儿想起还在屋外巴望着等我回去的娘，我这一想起我娘，不自觉地愁起来。我娘没了我，该怎么过活？一想到往后我娘得自己独个儿在黑天黑地的世界里摸索生存，我就心慌得不像样。

都到了这步田地了，啥事我都顾不得，我只想见我娘一见，哪怕是远远地，我也想回家瞅她一瞅。

"石头！你咋动了呀，别动呀！"万二爷激动起来，"石头，你去哪儿喂！那是村子啊，难不成……"

村里谁都知道，一旦成了地雷炮人，他们就会用棍棒、石头来欢迎他，好让地雷炮人在吸收了全村的欢呼和爱戴的养分之后，开出一朵朵漂亮的勺子花。

但在那之前，只要不震荡到地雷炮，一时半刻是死不了的。为避免地雷炮失心疯，我瘸着腿，像个螃蟹似的，一面想着我娘，一面缓慢地朝村里移动。

"石头，你别再往前啦，再往前对你只有坏，没个好！"万二爷挡住我的路，那双为了捡地雷炮人的便宜而被炸断的胳臂，还朝我暴着筋。

"我要回去。"这个时候我只想见我娘。

我人都还没走近万二爷，他就像热水里的跳虾，一

128

个蹦跶，立刻闪得远远的。

"你不能活了，也不能害村子里的人都跟你一样呀。"万二爷说完，突然扯开喉咙大喊："黏上啦，石头让敌人给黏上啦！"万二爷尖锐的声音叫响了整座村子。

该来的终于还是来了，村里成群的人带着家伙，都朝我这儿奔来了，从田里来的抢着锄头，从村里来的有的拿着铲，有的持棍棒，另外还有些娃儿一时三刻不知该带什么，携着碗也跟来了，我知道，他们都是来为我庆贺的，想摆脱这村子的命运，死是唯一的途径。

很快地，他们一个个手抄家伙，红着眼把我围在人群的中间。

"石头，别再往前了，你不想活命，可也得顾着你娘……"

"石头，恭喜你，投胎离了村，又是一条好汉。"

"放心去吧，这合该是你石头的命……"

他们个个都是善心人，软声软调地唤我石头。我知道他们全都是为了我好，也为了村子好，但是我也有我自个儿的打算。我紧揪绵羊，什么话也没理会，只管往前走，我是肯定要见我娘一面，谁叫我是她单根独苗的儿。

大风使劲地吹，我忍着眼睛里的沙子，头没抬，继续往前走。

"大伙儿，咱们跳舞吧，送石头最后一程……"人群中有人起哄。

他们像庆祝庆典那样发疯似的朝我身上砸石头，我看得清楚明白，第一个朝我砸石头的，就是我娘的好弟弟，我的万二爷。我想他一定是比任何人都还要高兴，不然不会领在大伙儿的前面丢石头的。

石头从我头上砸落，我捂着额头上滋滋冒血的伤口，拼命地往家里走。也不知被石头砸了多久，我终于看到咱家用土块垒起的石墙了，我就要见着我娘了。

远远地，我见到我娘苍苍的白发在冷风中呼哧飘荡的模样，我娘还是照往常一样，担心我放羊啃青出了意外，整日就拄着拐棍到墙檐外等啊盼地瞅我回来。

经历了那么多的时日，现在我心里比谁都清楚，自我娘眼睛不见明之后，她不仅爱我，也更依赖我了，她的爱耗费了她所有的心力，白发才会如此快速地爬满她的头。为了能让我穿到多一点的新衣，她每次都只缝单面的衣服，虽然让我一出门，不消半刻便受不了冷，必须回家躲一躲、窝窝暖，但村子里的人却没一个像我一样这辈子能拥有上百件的新衣穿。为了让我每天有新鞋穿，她不辞辛苦地把新鞋做得像纸一样柔软，虽然无法走远路，一走远脚趾就要见缝，但是我却是天天都有新鞋可以换。

我没见过这么爱我的人了，我想我娘是唯一真心正意地疼着我、想着我，惦念着我回家的人。她这样疼爱我，今天我却要让她伤心了。

"石头？是石头回来了么？"我娘拄着棍儿在墙檐下喊我，我恨不得立刻奔到我娘脚边，让她揩揩我的肩头，抚慰我两声。

"娘。"我止住步，怯懦地回唤她。

"果然是石头，老远我就闻见你身上那股酸味儿，回来就好，回来就好。"我原本只想远远瞅我娘一眼，但我忘了，自从她眼睛看不见，鼻子和耳朵就特别灵敏，她还是发现我了。

"您先进屋歇着吧。"我没敢再往前一步。

"一起进屋歇去，绵羊交给娘就行了。"娘伸出手。

我倾侧着身子，尽量伸长手臂，将绵羊交到她手上，但是我娘的鼻子还是提醒了她有些什么不对劲儿。

"啥味道？怎么你身上有一股生铁味儿？"我娘不停地抽动着鼻翼。

"我在泥巴地里摔了一跤。"我随口胡诌。

"这味道——这味道——"我娘顿了顿，眉头渐渐堆皱起来。

"李大娘，石头已经不是你的儿子了，他是全村的敌人！"身后有人高喊。

经这么一喊，我看见我娘的脸倏地耷拉下来，神色扭曲，挂着拐杖的腿微微打颤。

我娘毕竟是我娘，她没有吓得拔腿往后跑，就足以说明不管我怎么了，我永远都会是她儿子，不会是她的敌人。

我明白的，我娘和往常没两样，就等着我和她一块儿回家去。

我看着我娘忍着心口的疼，挨着墙，碎着步子摸索着向前，那双瘦得和枯藤没两样的老手朝我哆嗦："石头、石头，我命苦的石头喂！"

望着我娘苦命的脸，我想起了王二麻子他娘，想起了万二爷，想起了全村人的脸，这会儿我看着我娘慈爱的脸，我真庆幸我有一个这样好的娘。

就算全村的人都在等着轮到我当鬼，我娘也舍不得背弃她唯一的儿。

我娘温暖的嗓子在我心里直激起旋涡，山洪暴发土石坍方也剪不断联系咱们的脐带，穷家火热，咱同甘共苦过了这么些年，就是最好的证明。

我伸出手，静静地等着，等我娘在这节骨眼，拉我一把。

在全村的精利目光下，我娘毫不犹豫地伸出她的温凉老手，朝我牵拉过来。

我看着我娘的手笔直地朝我而来，我激动得模糊视线，但是就那么一瞬间，我想我娘如果不是太爱我了，就是眼睛瞎得太过火了，以至于我娘的手竟然盲目地略过我，伸手朝我身后的村人中摸了去。

我还没弄明白这究竟是怎么一回事，就听见我娘说："石头，来，别怕，跟娘回家去啊！"

我心疼地看着我娘说："娘，您吓坏了吧，我这个没用的儿子老是让您操心……"我伸出手扯住我娘的胳臂："娘，您的石头在这儿，一切都过去了……"只是不管我怎么轻唤我娘，怎么拉扯她衣袖，我娘都只当我是勺花村的灰尘粒子，让一阵风轻轻拂过，浑然未觉似的。

"石头，咱快回家去，娘熬了锅热汤，晚了，就怕要凉，要凉了……"我娘似亲切又生分地对着她身旁的陌生村人细声唤着。

"娘——"望着我娘战栗的背影，我一次又一次轻轻儿地喊着，"娘——，娘呀，我在这儿！"

我想我娘真的瞎了，连她唯一的儿子长得什么模样都蒙不准了。我娘熟热地挽着不熟识的村人的胳膊，口中喃喃重复着："热汤怕要凉了，要凉了……"

当我娘带着她以为的儿子，回到家门边时，朝我瞅着不明不白的眼珠子，迟疑又不迟疑地带上门，我知道，她永永远远地把我推离了她身边了。

一路上，我心坎里那个高高低低直打漩的旋涡，就在我娘合上门时，终于旋上了岸，落在勺花村滋滋冒着污血的土地上，成了一摊水，一堵墙，一道凄厉的喊声：

"敌人！敌人来了！"

我娘的叫声震荡了整个勺花村。

勺子花终于开花了，满天的勺子花乍开在满是沙尘的勺花村上空，带着独特的香气，带着奇特的鲜艳色彩，在冬日的晚霞里，勺子花显得特别明亮漂亮。勺花村的村人在花雨中兴奋地起舞，似乎在迎接得来不易的丰收。

　　那年的勺子花季虽然来得特别晚，却也特别地肥美。随着强风吹送，勺子花像海防边的浪花，不停地推涌着居住在勺花村的村人的目光，一如荷叶池塘里的水，微微起了涟漪那样，在带着四尺沙墙的强风下，清悠悠地晃荡。

　　勺花村的强风依旧，长达九个月的强势风力，带来北边迷雾般的细沙，将每一个人都蒙在混沌中，也把村人的眼睛，都蒙在深不见底的狮子爷脚下。

不完全碰撞

那时，他们还不知道，他们将在同一时间，抵达同一地点。

在那之前，他们出发。

他们是从没获得掌声的老魔术师、漫无目的在城市行走的拾荒老人，以及一个从不迟到的心理医生。

十一点过七分，老魔术师从城市遥远的边陲，快步走向城市中心的车站，他得赶上十一点二十三分的火车。

老魔术师戴着滑稽的高帽，披着仿佛能够隐形的大黑斗篷，在人群里穿梭。人来人往的街上，行人忙碌向前，老魔术师的怪异服饰没有引起路人的侧目，也没有人抛以奇异的指点，好像老魔术师真的隐身在大黑斗篷之下，风中只有斗篷的一角被风吹得啪嗒地响。

镁光灯与掌声早就离老魔术师很远很远了，或者我们该说对老魔术师而言，那些东西从一开始就没有存在过。

没有掌声，没有热情的欢呼，对老魔术师来说，再正常不过，因为看过老魔术师表演的人都知道，他总是在秀一场没有人看得懂的魔术：一只扑扑振翅的鸽子，放进魔术帽之后，用魔术棒搅拌一阵，拿出来的仍旧是一只扑扑振翅的鸽子；一张倒了热牛奶的报纸，热牛奶很快穿透报纸，洒了魔术师一身……而魔术最后，观众总是愤怒地将手中的汽水、零食乃至任何拿在手中的东西，砸向舞台作为收场，没有一次例外。

然而奇怪的是，来看老魔术师表演的观众不减反增，而且特别的是，只要你愿意，你总能从每个人身上，搜出五六颗大小不一的石头。如果你问他们，他们会说，来这儿是为了寻求发泄。

老魔术师知道，每个观众都是一头兽，唯有隐匿于人群的集体行动，才使他们有攻击的勇气与快感，而他就是促使他们集体行动的暗夜。

凌晨一点，星光迷离的暗夜中，昏黑的廊道，海浪拍打的北岸，一名身穿黑色道袍、长相怪异的拾荒老人，佝偻着背，在沿海观光的景点道路旁，弓身缩进塞满臭酸的隔夜食物的铁桶内，摸黑。

不知捞了多久，拾荒老人"嘿嘿"一声，从塞满垃圾的桶子内拉出断了半截的女式高跟鞋，鞋子在空中甩了两圈半，老人抽动鼻翼，将高跟鞋凑近鼻下嗅了嗅，"可惜、可惜。"老人长满肉疣的黑手，仔细抚触鞋面的每寸肌肤，像把玩女子的三寸小金莲，许久后，突然将高跟鞋朝海面用力扔去，"陪你的主人去吧。"高跟鞋腾空旋了好几转之后，扑通掉进载浮载沉的海域。

老人伸手，继续朝铁桶内捞拾，"嗯？"一件缺了半边奶的胸罩，被老人拉出恶臭的铁桶，而胸罩下，似乎还钩着什么，沉乎乎黏稠稠的。拾荒老人皱眉，再猛力一拉，拉出了胸罩下，被肩带缠绑的一只——胳膊。

拾荒老人举起血淋漓的手臂，缺口血肉模糊，还在兀自淌血，看来似乎是被人硬生生地从躯干上瞬间撕扯下来的。老人环顾四周，看来有人比他抢先一步，充当起暗夜的执法者。

十一点十九分，老魔术师在斑马线前停下脚步，仰头，小人号志[1]是警告的颜色，还未换上轻松的绿衣，得等。

等待中，老魔术师想起第一次上台表演的情景，那时他表演的是名为复活的魔术。他将一只翩翩飞舞的赤黄蝴蝶，当着观众的面活生生撕成两半，全场观众惊呼，一滴蝴蝶腹部的肠液沿着手腕，滑进老魔术师的衣袖里。

只是蝴蝶魔术在观众错愕的神情中结束。

魔术师深深地一鞠躬，观众暴怒，他们根本没看见蝴蝶复活，这是一场骗局。

---

[1] 指交通信号灯。

老魔术师摇摇头:"你们得等,时间是最伟大的魔术。"没有人相信老魔术师的话,因为没有人能等待时间。

此后,老魔术师的表演会上多了汽水、零食、石块,纷飞的气愤。

没有人理解老魔术师的魔术,有些人甚至以为老魔术师表演的,是如何引爆观众的愤怒。然而老魔术师知道,他呈现的是一个难以言说的隐喻,一个荒废的象征,从群众愤怒的眼神中,他知道他成功了。

老魔术师不需要观众的理解,因为这就是幻术,就连观众手上的石头也是。这世上的一切都是假象,没有什么是真实的,而他是这世上最伟大的幻术家。

小绿人出现,老魔术师越过斑马道,继续往前奔去。

"我知道你们都在等待第一个朝我扔石头的人,然后你们就可以放胆地发泄了,但是今天,我想看见第一个朝我扔石块的人,而且我将给予掌声。"在一次魔术表演上,老魔术师说。

老魔术师环视台下观众,许久,没有一头兽敢在众目睽睽下，正大光明地袭击。

语言是最有效的障眼法，老魔术师轻笑。

然而待老魔术师一个转身，背对观众，数十颗石头齐飞，在他头上打肿了一个大包。一个台下的小女孩从气愤的群众中站了起来，不停地给予热烈的掌声，她说那是她看过最精彩的魔术了。

老魔术师一脸慌张，他被识破了，被一个小女孩看透了一切，他战栗，全身不停发抖，从那时起，他抛下观众归隐山林，将自己藏起来。

穿越人潮，钻进人海，随着脚步越走越快，老魔术师隐隐感觉自己似乎快要被时间给远远抛在身后。他想，他就要赶不上那班开往时间核心的列车。

老魔术师扬起手，看了看时间，皱眉，老魔术师明明就要赶不上时间了，但他却看见手腕上的时间越走越迟疑，仿佛脱离了正常的轨道，缓慢地减速。

时间竟然以一种不可思议的方式在背叛他！

时间在十一点二十分犹豫不定。

早晨八点一刻，心理医生骑着机车，提前经过溪岸大桥。

医生精神紧绷地专注着前方，他隐隐感觉今天将有一些难以逆料的事情发生，之所以会有这样的预感，都是因为他出门前，捡到一把时间，一个不停倒数计时的时间。

时间从莫名其妙的地方开始倒数，看着不停倒数计时的时间，心理医生感觉时间终止的那一刻，仿佛就是自己生命的尽头。心理医生额头不断冒汗，双手轻微地颤抖，随着摩托车不断往前，他的情绪就越紧绷。经过每个十字路口或平交道，他都小心翼翼，生怕有辆大砂石车会躲在某个暗处，只等他经过，立刻冲出来，将他拦腰撞上。

不行，这分明是一条通往死亡的路径，他得绕，绕到他不曾去过的地方，然后从其他不同方向的小径准时上班！

心理医生小心翼翼地将机车龙头拐向东南方的道路

上去。一只大黑老鼠从马路这头的水沟钻出，抖抖身子，甩掉身上的黯淡，人立而起，不停嗅闻空中传来的气味，昨夜的一场大雷雨使得今早的空气分外清新，风从对面马路吹来，它闻到对街的排水沟下，有着一块腐烂的三明治的香味。

"吱吱——"大黑老鼠左顾右盼，好不容易下定决心冲到马路对街去，但是才刚起步，立刻被心理医生的车轮碾过，唧——。大黑老鼠还来不及完成生命最后的尖叫，血和肠子已先它一步进出体外，溅洒在车来车往的大马路上。老鼠的死状，还是它预备起跑的模样，眼睛爆凸，笔直遥瞪对街水沟下，那块无福消受的美味三明治。

心理医生心脏急速跳动，血压上升至一百八，不时回头张望那只臭黑老鼠，差一点、差一点……医生嘴唇发紫，浑身冒冷汗，他差一点就要死在那只老鼠手上。因为当他压上老鼠的那一刻，车子向左打滑，要不是他反应快，将龙头向右偏拉，现在躺在马路中央的，可能不是那只老鼠，而是自己。

心理医生大气不敢喘一口，掌控摩托车龙头的双手重得像铅，他觉得自己快要呼吸不过来了。

再过十五分钟，上班的时间就要到了，然而上班从不曾迟到的医生，车速却越来越慢。

"找到你了。"凌晨两点，月光蹦蹦跃上山巅，照亮整座城市的睡眠，拾荒老人从塞满垃圾的桶子里抽身时，手里多了一只死亡多时、身躯已经僵硬的猫尸。

银白月光洒在海面，也照亮老人手中的死猫，是只三斑条纹的橘子猫，脖子上还勒着长长的红色尼龙绳，看上去出生不到一个月，舌头伸得比下肢还长，像是得了哮喘暴毙。

老人摇头，"又是游戏。"将死猫朝身后一扔，猫尸进了老人背上的大麻袋里。

拾荒老人弓着身背着海，望看不多久前还人山人海的街道长廊，人群早就散了，店家和摊贩也熄灯歇息了，只剩几面迎风飘荡的旗帜，啪嗒、啪嗒，声响在空荡荡的大街上，交头接耳地相互传递。暗巷内，有个躲藏在暗处的身影，手里拿着一条仿佛西部牛仔的红色圈绳，从这头逃窜到另外一头，拾荒老人才眨眼，那个人已经消失在幢幢叠影中。

海风腥咸，扑扑地不停拍打拾荒老人的后脑勺，惹得老人全身毛孔纠结，浑身黏腻。

老人抖了抖纠结的毛发，"这个城……"老人摇头喃喃。

"走吧。"拾荒老人从口袋抽出一条细绳，将麻袋口紧紧束牢，"嘿唷"一声将袋子甩上肩后，老人在空气中抽动鼻子，随着城里四处散布的腐败气味，继续迈着漫无目的的步伐，在这个城市里四处游走。

"好重的味道……"一名醉汉抱着早已空掉的酒瓶，从街的转角，摇摇摆摆地与拾荒老人擦肩而过。

老人眼睛如炬，盯着醉汉，"就是他了。"他掉头，紧紧跟在醉汉身后。

拾荒老人背上的袋子里，从不放破铜烂铁，他捡拾的是这个城市的死亡。

"不行了。"老魔术师感觉自己就要赶不上那班通往生命的列车了，因为老魔术师越想使劲往前大跨步，速度就越慢，远远望去，老魔术师的动作像极了电影里慢动作的分格画面。

这一切都是老魔术师逼近时间核心的缘故。

然而就算来不及，老魔术师还是非搭上那班列车不可，因为那将是他最后一次，也是最华丽的演出。

列车鸣笛，准备启动，老魔术师在最后一刻朝车厢中奋力一跳——

完了、完了，来不及了！不停绕着这座城市打转的心理医生，原本只是要脱离不停倒数计时的时间诡计，没想到却陷入了另一座更大的城市迷宫。

上班打卡钟声敲响的那一刻，医生几近疯癫地喃喃自语……人的心理分成十二个层面，每一个层面都有正负两极，所以要探究一个人的悲伤，可以归纳出二十四种标准型，例如欣慰下的感伤此为极轻度悲伤，或者是自虐型的哀伤，这种算是体质型的病症……为了让自己从紧绷的情绪中解脱出来，心理医生念咒似的希望自己能从恐惧中清醒。

"臭老头……活得不耐烦了？敢跟踪我！"昏暗的暗巷中，拾荒老人和醉汉对峙，醉汉口水四溅，不停大声斥喝。

拾荒老人不语，只是松开麻袋，等待醉汉的加入。

"看你是不想活了！"醉汉愤怒地将手中的空酒瓶砸向拾荒老人。

酒瓶在空中翻了好几转，以重力加速度朝老人额头上摔去，"碰！"一声，酒瓶在拾荒老人的头上应声碎裂，开出一朵鲜艳火辣的大红花。

老人的额头血流如注。

老魔术师终于跳上车了，然而他这一跳，却足足花了好几个世纪的日出日落，才终于落到了列车的腹肚之中。而在老魔术师之后，许多人也跃进这不知开往何处的列车，由于人太多，车厢顿时壅塞。老魔术师被人群挤压，身体被架空，根本踩不着地，就这样悬在半空中。

是这条，还是那条？心理医生被定时器猛兽追赶，他心里焦急，不停加紧手劲儿猛催油，想循着来路，试图找到分岔的原点。但除了他自己之外，路上的行人都知道，他始终在同一条街上不停绕圈打转。

心理医生一会儿急速行驶，一会儿又惊吓过度地紧急刹车，车轮下传来阵阵轮胎摩擦柏油的恶臭，像黑龙，如影随形跟着心理医生。

拾荒老人用手抵住额头上不住冒血的坑，张着疑惑的眼，看着醉汉。

"看……看……看什么？是……是你自找的……不、不要过来……"望着拾荒老人磷磷发青的碧眼，醉汉突然害怕地大叫。

醉汉一阵慌乱地撞翻了身旁的垃圾桶之后，东倒西歪地奔跑，从这个暗巷到另一个暗巷，快速地逃离了拾荒老人的视线，也躲开了老人的跟踪。

怎么这么暗？老魔术师心里一阵嘀咕，列车到底起动了没？他的魔术可以开始了吗？老魔术师想探头看看车厢外面，但是拥挤的列车使他动弹不得。

怎么又是这个喷泉？！心理医生浑身盗汗，喷泉中，一个长着天使翅膀的尿尿小童，对着心理医生露出诡异的笑，而倒数计时的时间即将抵达终点。

拾荒老人不懂，他明明嗅到死亡的气味了，但醉汉的力道大得惊人，一点也不像将死之人。此刻，被醉汉撞翻的垃圾桶中，有个东西咕咚掉了出来，朝老人滚了过来。

老魔术师身体晃动了一下，是起程了吧？老魔术师心想，但在浪一样的人群之中，老魔术师什么也看不见。

看到了，我看到了！隔条街，不停打转的心理医生失声尖叫，终于被我找到了！医生眼睛发直，他看见出口了——海。

拾荒老人揉揉眼，朝他滚来的是一只计时的沙漏，老人拿起沙漏凑眼一瞧，发现里头的流沙是凝固的，形状像蛹。老人抽动鼻翼，蹭了蹭，不懂流沙的味道为什么饱含了死亡的气息。

突然，老魔术师觉得手臂里好像有什么东西在呵他的痒。随即他便像意识到什么似的，挤到车厢的制高点，咧开黑洞洞的嘴，对着满车的乘客得意地宣布：我就说嘛，时间是最伟大的魔术，你们这群傻瓜根本不懂。

心理医生踩足油门，朝眼前蔚蓝一片的出口笔直而去，杀着风，他兴奋地尖叫：意识的海洋是我们这个世界上最伟大的出口。

沉重阴霾的气压笼罩着这座城市，滴答，滴答，老人手中的时间沙漏开始有了动静，一点一滴，原本冻结的沙子，开始缓慢地剥离。老人喃喃念着：没想到降生的味道居然和死亡那么像。

在蔚蓝的出口之前，是一堵连着海天的灰暗堤防，嘭——心理医生的机车一头撞上堤防，整个人翻飞了出去。

然后，一切好像都静止了下来。

拾荒老人摇了摇许久没有动静的计时沙漏，一只羽化的赤黄蝴蝶从沙漏的蛹中钻了出来。

扑扑扑，一只蝴蝶振翅从老魔术师的袖口飞了出来。

逆着光，腾空的心理医生舞着手脚。

像一只蝴蝶。

蝴蝶顺着气流，慢慢地回旋而上，老魔术师和拾荒老人的脸都渐渐看不清了，无所谓时间无所谓生死无所谓出口，只剩下耀闪闪波光万顷的海，依旧无边无际。

那时，他们还不知道，他们将在同一时间抵达同一地点，但不是现在，现在不过是他们距离交会点，最接近的时刻。

撤退路线

这次，是高雄旗山地方法院。

我自己也不清楚为什么是旗山，但他们要我来，我就得来。

到了旗山车站时，已经是晚上七点了。

记忆中，谎言比我更早来过这儿。

出了车站，街道被细雨覆盖一层朦胧，迎接我的是一排昏黄的路灯。沿着路灯，我在雨中快步向前。

细雨迷蒙中，我不知道自己该往哪儿去，有什么地方是一片光亮，暗影永远无法入侵的吗？

审判者已经全部就位。

强光打在我的身上，"李梅？李梅？"恍惚中，有人叫我。

"是……我是。"我听见自己剧烈怦然的心跳声。

迷蒙张开眼，我发现自己被小高牵累，已经走进法院审判庭。

"你的名字叫李梅？"高台上，检察官、法官、书记官一字排开。

"是。"

"你认不认识你身旁站的这些人？"法官面无表情，语调平板，没有起伏。

"不，不认识。"飞快瞄了眼身边的人，不自觉有些心虚。

我强迫自己扬起下巴，假装清白地直视高台上的审判者。

我确实不认识身旁的指控者，我是清白的，因为那都是小高惹出来的，和我一点干系也没有。

但我仍然感到恐惧。

这一切都是从小不停地说谎骗人所造成的，因此当我面临从没犯下的罪项指控时，即便我说的都是真的，我仍感觉每个人都在怀疑我。

他们的眼睛里，全都透露着质疑。

"这一切都是假的，你只要把它当作是一场戏就行了。"我听见耳边遥遥远远，多年前的达玛（父亲）安抚我的声音。

"我从来没看过他们。"我小心翼翼地坚硬起声音，生怕一不小心，有人发现我心虚的颤抖。

演戏，是的，面对法院的审判，我便不由自主地开始演起戏来，那清白无辜的声音，以及问心无愧的神情，全都是演出来的，而且是战战兢兢地演着，假装自己也是个受害者，什么都不知道。

但是我知道，谎言一不小心便会被拆穿。

"一切都是因为小高。"我说。

一切都是因为小高。

每一次，每一个法院候庭室，都有一个不同长相的女人，细说关于小高的一切。

这一次的女人叫秋兰。

"他对我很好，很爱我，我们没有一天不上床……"秋兰一谈起小高，脸上便漾起无限甜蜜。

"上床?"我皱眉。

"是啊，我们随时随地都在疯狂地做爱，那时我们好快乐。"秋兰陷入回忆之中，"他唯一的缺点，就是太沉默了，不爱说话。"

"不爱说话。"

"也不是完全不说话啦，因为他就常说他自己是个骗子，要我不要信任他，不过那是他最常对我说的话，他说的时候，样子看起来很认真，但是我从来没想过他说的是真的，直到现在我还无法相信……"秋兰环抱着自己的胳臂。

"后……后来呢?"我的身体有些颤抖，因为小高对待秋兰的方式和对待我一模一样，竟没有一丝分别。

秋兰摇摇头："后来……后来他拿走了我的身份证，他说他有用处，就走了。之后，我就迷迷糊糊地来这里了。"

"他现在在哪里？"我双手紧握，那是我来法院的目的。

秋兰摇头："我也在找他，我怎么也无法相信他竟然会离开我，我们是那么快乐……"

听了秋兰的话，我泄气了。和小高在一起生活时，我也一直深信着，我和小高快乐的日子会一直持续下去，直到收到第一张法院寄来的通知书，我才发现小高不知在什么时候离开了，而且是永远地消失了。

从那时起，我开始接到法院的出庭通知单。

一张又一张的出庭通知，每一张上面都盖有粗体黑字的"诈欺"字样，而且是从四处各地的法院寄来，为了一件又一件，以我的名字所犯下各式的诈欺案件，不停传唤我。

从法院通知单寄来的第一天，我便直觉那和小高有关。

我不在乎路途有多远，从北到南，从东部到西岸，展开一连串的法院之旅，我只想沿着小高留下的线索——出庭通知，追上他的脚步。

在不停奔波应讯的过程中，我开始在不同的法院遇到不同的女子，然而相同的是，她们全都曾经是小高的女人，秋兰便是其中一个。

日子一久，我才发现小高每到一个地方，便会结识新的女子，并且展开一场恋爱，直到离开为止，我也不例外。

"我再也没遇过这么好的男人了，那么专心一致地爱我……"

不知从什么时候开始，我成了小高交往的众女人们倾诉回忆的对象。让我讶异的是，她们口中的小高，和我记忆中的小高一模一样，小高用同样的方法对待我们，热情、真诚，且毫无分别，我们只不过是小高的复数，然而更特别的是，在这整个过程中，小高没有对任何人撒谎，他只不过是突然出现，和我们恋爱一场，然后永永远远地带走我们的名字，消失。

而最令我感到惊讶的是，小高的诚实，让我们不得不怀疑小高一定有他不得已的苦衷，而且我们深信着，总有一天，小高会回到我们的身边。

审判者不相信我的话。

"小高？"法官面露质疑，"证据都在这边，根本没有小高这个人，害他们受骗上当的那些电话，经警方查证，全都是用你的名字申请的！"法官的声音响亮，似乎已经先判定了我的罪，然后再进一步引诱我承认所有的罪愆。

"不是我，我真的什么都不知道。"额头冒着汗，我低着沙哑的嗓子喊。

我讨厌法院，更害怕看见那一张张自以为是，认定全世界都有罪的法官的严峻脸孔。

"说谎只会让事情越来越糟，说实话，法律会宽容你的。"法官声音低沉，像我第一次听见小高一样。

"只要忏悔，上帝便会恕你的罪。"第一次见到小高时，他身着一袭黑色长袍，站在逆光的窗台边，从圣洁纯白的光芒中朝我伸手。

"神父，我错了……"我从黑暗中伸出手，紧紧抓着神父小高。

然后，我放声大哭。

每一回犯罪，我总会像是为了要赎罪似的，不自觉地来到教堂，失了魂地拼命丢尽身上所有能找得到的零钱到善款箱里。当铜板在箱子里发出叮当的声响时，我会听见上帝宽恕我的声音。

然而那次当我带着全身的酒气，走进矗立在小街，有着繁复华丽雕刻的圣若瑟教堂后，无论我如何卸下身上所有的欺骗，投进善款箱里，我始终听不见上帝宽恕我的声音。

那天，我无情地骗走了一个无依无靠，真心想找个老伴共度余生的老人所有的存款。

我永远记得离开老人前，老人眼底的那份坚定的信赖。

"我……我很快就回来，你等我，我……"我说。

老人摇摇头，笑了笑："你不必花心思骗俺，俺知道你这一去就不会再回来，就算是这样，俺也不会怪你，俺只希望你能再陪俺坐一会儿……"老人最后这样说。

老人的话彻底击垮了我。

就在那时，神父小高，在刻有西班牙文"神爱世人"的拱形窗台前，拯救了我。

"……请宽恕我……"我哽咽地说着。

这一切，都是七岁那年，和达玛（父亲）一起旅行的那些日子，达玛教我的。

第一次是旗山镇。

我仰头看达玛，并不时瑟缩着身体，全身颤抖着。

"旗山镇，我们来了。"达玛说。

我不知道为什么是旗山镇，但达玛要我来，我就得来。

为了赚取能够在城市活下去的费用，达玛让我穿得像只蝴蝶，而我要做的，只是不停地拍动翅膀，到处飞舞，诱引躲藏在人群之中的贪婪目光就行了。

恍惚中，法官一次又一次地宣判我的罪："你利用别人对你的信任，下手骗取别人的财物……"

望着法官不停开合的嘴，我这才终于明白，我不为小高而来，我其实是为自己而来，为了聆听当年自己的罪愆。

人影晃动的黑暗画面中，我看见达玛牵着或背着我，从高雄的桃源出发，沿着拉库斯溪，穿越满山飘着梅树李树果香的小径，踩着族人终年辛勤耕种敏豆、明日菜的菜圃，不停地往南奔走，一处换过一处，最后终于来到一个充满迷离香气、令人晕眩的香蕉小镇。

许多年后，当我回到部落，我才知道当年达玛领着我走过的迢迢长路，其实只不过是部落中的飞鼠在半空中一跃一跳，几棵松树的距离而已。

这里就是旗山镇，达玛说。

达玛牵起我的手，不容置疑地快步向前走着，朝一座座用谎言堆成的门扉而去。

通过谎言的门槛时，我看见神父小高，脸上扬起一丝神秘的笑容。

"第一棒的啦！"达玛用终年打猎的手，捏了捏我的手臂，对着一个陌生中年男子，连连夸赞。

达玛是部落里少数一直拼命赚钱的人，而且他从不喝酒。

"穷鬼才喝酒。"达玛说，住在山里梅兰的族人之所以会那么贫穷，就是因为喝酒。

"他们的钱，都是卖女儿得来的！"

女儿，是部落族人最值钱的家当，尤其在卖出去以后，不必再花钱养，女儿就会自己长大，长成之后，还会拿钱回家，要不然就是生个女孩回家，供族人下一次的买卖，像个不停下蛋的金母鸡。

达玛看不起部落卖女儿的行径。

"怎么样？"达玛问陌生男人。

男人身着灰色西装，一头苍白的头发，下半身却穿着随便，一条工作裤，以及一双夹脚拖鞋。

我望着金牙穿夹脚拖鞋的脚趾，我的视线立刻被他过分妖长，藏尽所有污垢的指甲给吓坏。金牙的指甲像鹰爪，肆无忌惮横冲直撞的姿态，仿佛正在朝我狰狞地笑。

那年我七岁，该上学的年纪。

达玛决定成为一个商人。

"上学？笨蛋才上学。"达玛说，"要赚大钱，别人才看得起。"

达玛决定带我到山下闯一闯，学习做买卖，赚大钱。

因此，我没有去上学，而是和达玛一起，开始学习做生意。

"怎么样？没骗你啦。"达玛把我往陌生男人前一推，我因重心不稳而转了一圈。"好的啦。"达玛在我的臀上，使劲儿地拍。

达玛在我的小屁股上拍打出"啪嗒、啪嗒"的响声，从阴暗小巷这头，快速地传到另一头。

我身上的碎花洋装，小小的裙摆，因为旋转而稍稍扬起。我还记得碎花洋裙上蕾丝的颜色，那是我最喜爱的洋装，也是我所有衣服里最漂亮的一件了。那是达玛为了让我跟他下山，送我的礼物。

不知是我不到膝盖的裙摆扬起的轻风煽动了男人的嗅觉，还是我扭动的身体勾起陌生男子身体里某根绷紧的琴弦，弦声"达啷"地从嘴巴笑泄出来，露出男人满嘴的金牙。

直到那一刻，我才感觉眼前的男人好老好老，比山上的国大斯（爷爷）更老。

"阿妹几多岁？"金牙一把把我拉过去，这里摸摸那里捏捏。

因为恐惧，一整个过程里，穿着碎花小洋装的我，始终低着头。

金牙的裤子有点短，显得有些窘迫，露出一丛丛虬结的脚毛，像蚯蚓，仿佛每根汗毛都在为了向我示好而蠕动。

我偏过头，不去看金牙的脚，因为我感觉肚子里，有东西在翻腾。

"看看。"金牙将我扭开的头，用两根指头给扳正，我的视线又落回金牙恶心的脚掌上。

"阿妹叫哥哥，人家问你几岁，没听到？"达玛又推了我一把，我被迫扑倒在金牙的西装外套里。

"七……"我用两手，适时撑住了我与金牙的距离。

"怎么样？真的没骗你啦。"达玛逮到机会，又是一阵滔滔不绝的夸词。

金牙一边听达玛说话，一边以脚趾，寂寞地，不停朝我点着。

"怎么样嘛？很多人等着要喔。"达玛有些不耐烦。

记忆中，我、达玛和畸丑指甲的金牙男人，好像玩一场三人四脚的游戏，就这样缩挤在一条阴暗的甬道中，进行一场暗盘交易。

旗山镇小街的甬道多是潮湿、黏腻，尤其是下过雨之后，就成了一条条不停蠕动，弯弯曲曲的黑色肠道，阴秽不堪。不管怎么挣扎，只要一进入那儿，就会有一种被唾液或黏膜包覆的恶心感，吞噬是必然的。

"咁危险？"金牙又露出他嘴里的黄澄澄的牙齿，笑着泄露他的顾忌。

"危险？我不是没良心，要不是山上生活困难，过不去，这是我的肉呢！"达玛拔高音量。

我听着达玛的声音在甬道内，来来回回，一阵荡漾后，溢出肠道之外。

肠道外是迪娜（妈妈）嘤嘤的哭声。

达玛决定下山的那天，迪娜哭了，她央求达玛不要下山，因为她受不了达玛卖女儿的行径。

"我不是卖女儿，我是在养女儿！"达玛抱着我，沿着拉库斯溪湍急的水流，头也不回地离开泪流不止的迪娜，走了。

"一到山下，什么都会变的……什么都会变的……"迪娜哭得更厉害。

听着迪娜的哭声，在山里、风里，渐渐小了，远了，我也哭红了双眼。

"很快回来，不要哭，会丑。"达玛说。

离开部落，接近城市之前，达玛说，他一定会保护我，不让我受伤，所以要我像参加丰年祭那样，就算穷，也要装得丰收，然后快乐地载歌载舞。

达玛说，那叫演戏。

听了达玛的话，我哭得更大声，因为我想起，我竟然忘了穿那件去年迪娜为了让我参加丰年祭亲手为我织的有着美丽花纹的衣服，那是我最漂亮的一件了。

后来，我身上就多了这件碎花小洋装。

我其实应该放心，应该相信达玛说的话。

但是我实在太害怕了，双脚不停发抖，怕金牙不知道我和达玛只是在演戏，最后信以为真，假戏真做起来。

达玛和金牙仍在交易，我害怕地张着晶晶亮亮的眼，对着甬道尽头的出口张望。

甬道两头，接连的是旗山镇庄子最热闹的市集，鲜蹦活跳的鲜虾鱼货、堆得像山一样高的部落时令青菜，还有从外地运来的迷你裙、假貂皮大衣、飘逸的洋装等，大批的成衣，挂满一整排墙。以及墙角下堆满腐烂或未腐烂的一串串香蕉。

轰隆的叫价、还价声，还有香蕉腐烂发酵后的迷乱香气，都从甬道的两侧，涌进巷子里，将我、达玛、陌生男人都卷进声浪的纷乱。

小小的明亮，伴随着令人晕眩的乙醚香气，从甬道两端透进来，让我既清醒又恍惚。

"甲呢细汉，甘[1]会……"金牙又说。

甬道的三人，挟着各自的心思，在自己想象的浪潮里随波摇摆。

"不会，要是会，我敢？"达玛拍着胸脯，保证。

---

[1] 闽南方言，表疑问。

被浪潮不断推涌的达玛，越说越起劲儿。

一直以为长久习惯山里生活的达玛，会因为无法适应充满变化以及欺骗的城市生活，很快就会回到部落，重拾猎枪上山打猎去。然而没想到达玛却比任何人都更适应都市的生活。

"只要遵照祖灵的训示，没有什么我们做不到的。"达玛得意地说。

达玛将布农猎人的本事，彻底运用在城市讨生活上。

每到一个城市，达玛便本能地竖起能听见飞鼠跳跃山头声音的耳朵，小心翼翼听取风带来这个城市的声音，达玛说，每一道声音，都有可能来自猎物，而辨别猎物的声音与熟知猎物的习性，是猎人狩猎成功的要素之一。

除了竖起耳朵，达玛也不停地抽动猎人敏锐的鼻翼，搜寻有钱人的气息及方位，尽管从外表看来，达玛总是一副漫不经心的浪荡模样，但我知道，他正极尽所能地绷紧身上每一寸神经，只等猎物自己走进他所设下的陷阱里。

只是，我从没见过达玛在繁华热闹的城市里设下什么陷阱，我只知道每一回达玛在镇上搜寻完信息回到旅社后，总是一言不发地埋首于地板，像个屡劝不听的孩童，在地板上恣意涂鸦起来。

"知道什么是最好的陷阱吗？"有一回达玛见我满脸疑惑，从匍匐于地板的专注中，仰头问我。

我摇摇头。

"撤退路线。"达玛笑得得意。

每到一个新的地方，达玛总是最先计划逃亡路线，之后才是设陷猎物。

达玛会将出门打听到的事情（镇上有钱人家住的方位、长相、村里的街道路线图等，而达玛画得最仔细的就是预备逃跑的撤退路线），用石头或砖瓦，以简单的线条图像，在沾满污泥的磨石子地板上，反复推敲琢磨，一笔一笔地记录下来。

达玛是城市的寻猎者，而地板则是他猎枪上的准星。

"走，打猎去！"每每锁定猎物后，离开旅社前，达玛便会将地板上所有的记号给抹去。达玛说，那是为了将自己的气味给彻底消除，避免自己成为其他猎人的目标。

那年，达玛真的成了一个商人，而且生意很好，虽然没有赚大钱，但至少不赔本，而达玛的资本，也就是他和买家交易的商品，是我还未成熟的七岁身体。

一辈子的记忆像部落溪水那样蜿蜒盘绕细细长长，然而我记忆却总是停留在那长廊的黑暗中，仿佛自七岁起，进入那个潮腻的暗巷后，我便再没出来过。

尽管我知道，只要出了黑暗肠道，拐个弯出去，便能看见海。

无垠的，蔚蓝的，辽阔的海。

但是我却让乙醚的香气给永远迷眩，分辨不出方向了。

我失去猎人灵敏的嗅觉。

"太阳落山的七点……溪边的打谷机仓库。"金牙从口袋里掏出一沓整齐的钞票。

"……溪边的仓库，七点，放心，一定准时。"达玛将钱塞进自己的口袋里。

金牙苍蝇般的目光，在我身上嗡嗡，留下一摊摊贪婪的唾液。

"啊——"全身一阵痉挛的战栗，皮肤立刻浮现红色斑点。

就是从那时候起，每每一紧张，我的身上便会冒出红色小疹，一个，两个，然后是一大片，布满了整个皮肤表面，像蛇，花纹炫丽的红蛇。

红蛇遍布的地方，剧烈疼痛，而且奇痒无比。

"夭寿，这啥米？咁有病？"金牙惊吓地大呼。

"没事、没事！孩子天生皮肤红。"达玛用身体隔开我和金牙的距离。

"是按呢最好。"金牙松口气，终于笑嘻嘻地走了。

望着金牙离去的身影，我皮肤上，巡视领地的红蛇，慢慢地退回自己的巢。

后来回想，才知道那是一种抵抗，一种为了抵抗侵略的保护色。

"七点我们一定到，以后还要多照顾啊。"朝着金牙的背影，达玛拉着我的手，朝金牙挥手，"笑啊——"达玛说。

挥手，我僵硬地笑，然而没想到这一笑，却将已经远去的金牙又给招了回来。

"来时准，穿甲水耶，这响你呷糖。"金牙塞了两枚铜板在我手中，用过于苍白的手，在我脸上捏下两块红印记。

红蛇瞬间倾巢而出。

金牙走远了，红蛇却不退，仍然缠绕，盘踞山头。

成群的红蛇，一旦倾巢而出，就无法消退，除非脱去一层皮，像晒伤的皮肤，非得等到大规模的斑驳，红蛇才会随之剥落。

然而红蛇退去需要整整一个月，在这段时间，达玛总是特别暴躁，因为没办法做生意，毕竟和金钱对抗的日子，很难熬。

没有人能和金钱过不去。

达玛从不带我看医生，与医生相比，他宁愿相信祖灵的力量，因为请医生治病处处都得花钱，而祖灵只需要召唤。

因为祂无所不在。

"该拿什么来孝敬祖灵……"达玛左思右想，"山里面的都太远了，城市里的又太……"达玛时而皱眉，时而用手敲打脑袋，"啊！有了、有了，这个说不定行得通！"

生病的那一阵子，为了寻求祖灵庇佑，让病情好转，达玛会在居住的地方，抓来几只老鼠或蝙蝠，代替宰山猪杀山羌的传统，遥祭山上的祖灵。

"祖灵哪，我尽力了，城市里的猎物就是这么小，没办法，你就委屈些。小是小了点，但总比没有好，你多少吃一些，等你吃完了，别忘了对我们尽点责任。"达玛嘴里嚼着槟榔，一面仰头对部落山林的方向喃喃。

"老鼠和蝙蝠？！这和在山里给祖灵的猎物不一样，

祖灵会不会不高兴？"我想起迪娜说的，族人一到山下，什么都会改变的，我想，达玛不知不觉中也改变了。

"小孩子懂什么，能够换换口味，祖灵高兴都来不及了，说不定现在还吃得津津有味！"

达玛自从成为一个商人以后，就变得斤斤计较且吝啬，付出多少，就要相对地拿回多少报酬，甚至更多。

对待祖灵也一样。

"行了，到下一个地方去……"

"我不想……骗人了。"

"谁说我们骗人！"达玛有些不高兴，拉着我，脚步越走越快。

"那是他们欠的，一直没还。"达玛说，那些钱，是平地人以前跟族人借去的，欠了好久都没有还，现在平地人有钱了，他只是去讨一点回来罢了。

"我们是来赚钱的，别忘了迪娜还在山上等你。"达玛抱起我，步伐是在山里追赶山羌的速度。

风中，我闻见从山上飘来，迪娜酿的小米酒的香味。

　　然而达玛总是离开一条暗道后，又是一条暗道，一个接着一个，在幽长漆黑不见天日的暗夜，寻找买主，直到月亮跳上山头，夜色降临。

　　夜晚一到，我们就离开，到下一个村庄，再寻找另一个买主，一个欠钱不还的人。

　　后来，当达玛老得不能再老时，我继承了达玛事业，成了和达玛一样的商人。

　　那是他们欠我们的。我一次又一次这样告诉自己，然后执迷不悟地在城市里寻找一个又一个欠钱不还的对象。

　　不管什么交易，我们一律不兑现，因为我和达玛都是——

　　小高也是一个骗子。

　　"那不是你的错，上帝会明白你的苦衷。"这是神父小高在接过我无助的手之后，对我说的第一句话。

　　那一刻，我以为我获得救赎了。

　　和小高一起的那些日子，我们什么也不做，只是懒懒地黏腻在一起，一起沐浴，一起吃饭，然后像两条交媾的蛇，在肢体紧密的交缠下沉沉睡去，就连在梦中也相互依偎取暖。

　　"我们以后做什么？"我问。

　　"不做什么。"小高紧紧拥抱我，顺着衣缝，将手伸进我的胸衣衬垫下。

　　小高的话不多，刚开始，他还会答上一两句，到后来，屋里整天就只我一个人的声音，回荡来去，显得孤孤单单。到后来，索性我也不问了，让空荡荡的寂静，逐渐占据整个屋里。

　　小高从不说爱我，他表达情绪的方式就是做爱。

　　高兴的时候做，痛苦的时候也做。

　　我们在住屋的各个角落做爱，厨房的高台上、浴厕的洗手台上，甚至是阁楼上，在满是尘埃的储藏室里褪去衣裳，让彼此赤裸的身上都沾满了灰尘。

　　没有人出门工作，也没有人在乎生活该如何继续过下去，我们只是不停地花着所剩不多的碎钱，过着饿了吃饭、困了就相拥而睡、醒来便疯狂做爱的生活。

我们没有一天不做爱，就算是发现我们已经身无分文的那天，无所谓地大笑一场后，我们依旧热烈地帮对方扯去衣物，然后尽情地沉浸在像海浪般翻涌的快感中。

有时，我和小高也会整夜不睡，只为守住日出从租赁的窗角，冉冉升起的那一刹那。

和小高一起的每一天，我快乐得想窒息。

"我是个骗子，不要信任我。"这是小高最常对我说的话。

小高说这话时，总是脸色凝重，一副认真的模样。

"哈哈，如果连神父都是个骗子，那我肯定是这个世上最可恶的坏蛋。"我扳开手指，玩笑地细数过去无数被我诚恳的谎言欺骗的那些人。

只是那时我不知道，小高从没骗我，只是我一直不相信。

如果要说小高是恶意欺骗，不如说是我自己自愿走进小高的圈套里。

其实不止我，凡是小高交往过的女人，都会既害羞又坚毅地说，没错，小高他没有骗人，这一切都是我们自愿的。

小高离开我时，什么都没带，只带走了我的身份证。

从那之后，我从一个一心一意想要逃离那些曾被我欺骗的人的逃亡者，彻底变成了一个终日追逐真相的受骗者。

我从没想过自己也会成为被骗的对象。

在惶惶追逐小高的日子里，有时我会有某种错觉，仿佛自己追逐的，不是小高，而是幼时那个，不停骗人、拼命逃跑的自己。

我曾经哭红了双眼，一遍又一遍地央求达玛："达玛，我不想演戏了，我不想再骗人……"

但是黑暗中，达玛总是抓起我的手，无视我的哀求，毫不犹豫推开一堵又一堵通往谎言的门扉，然后大跨步而去。

但是推开门之后，走进的却是一座又一座森冷的审判法庭。

没想到，现在的我居然逆着撤退路线，一站一站地倒溯回去。

"知道什么是最好的陷阱吗？"达玛问我。

我摇摇头。

达玛笑着说："撤退路线。"

沿着撤退路线，达玛为我精心布下的陷阱，我又重回到儿时的旗山镇。

我知道这一切全都是因为小高。

一个伪装成骗子的神父。

是他领着我，一次又一次地重回犯罪现场，聆听我应得的审判。

（本文获2007年第三届打狗文学奖小说奖首奖）

神明

　　暂停。就是这个动作。

　　当最后一阵风袭来的时候，憨笑墩墩的土地公没有看见后头耀闪闪的五王轿，像一把展开的剑扇翩翩灼灼朝自己刺了过来。

　　然后便是永恒的暂停动作了。

　　喧腾热闹的刈香阵头顺着街巷浩荡前进。

　　随着哨角队大型唢呐呜嗡的闷鸣与锣鼓一阵十三响的敲击声，"五王轿""蜈蚣阵"等各阵头陆续出现，簇拥围观的群众逐渐增多，将代天府"五府千岁"的绕境路线挤得水泄不通。

刘香阵头里，一名身着厚重服饰、头戴全罩面具，装扮成土地公的神明人偶，背逆着阵头的方向，颠晃地在汹涌的人群里推挤，引来不少围观群众的侧目。

"土地公你是按怎？急着上便所嘛不是按呢。"有人半开玩笑地调侃。

"头前在那里啦！前后都分不清了，按呢也能做神明？"有人戏谑地讥讽。

土地公不以为意，侧着身子硬要穿越人潮，但无论他如何奋力向前，总会被汹涌的人海给推回刘香队伍。

在推搡拉扯之际，土地公不小心撞上后头迎面而来的"八家将"，憨笑墩墩的土地公面罩应声落地，露出面罩里热汗涔涔的陈浩。

掉落的土地公面罩滚得老远，一名忘我演出的乩童不察，一脚踩过。陈浩焦急地想上前拾回他的生财工具，不料一抬脚，却发现整个人动弹不得，原来是身后给人紧紧攫住。

　　陈浩回过身，一张张横眉竖眼、凶神恶煞似的"八家将"正恶狠狠地围瞪着他。面对眼前一张张怒目相视的青面花脸，陈浩脑袋里想的却是：

　　儿子阿伟究竟跑哪儿去了？

　　一早，陈浩便身着厚重服饰、头戴全罩面具，打扮成土地公模样，颈脖上环挂一串串的祈福圈饼，在如浪潮推来拥去的人群里，吃力地跟在"五王轿"阵头后面。儿子阿伟穿着肚兜，头扎两根冲天炮，颈挂捐献箱，一副仙童模样，紧紧牵拉着陈浩的衣角，亦步亦趋地跟着。

　　迥异于土地公的笑脸吟吟，隐藏在面罩底下的陈浩，早已被沉重滞闷的土地公服饰道具给压得苦脸愁眉，他感觉面罩里自己的脸颊像煎锅上的烧饼，滋滋地热烫酥麻起来。

　　好几次，陈浩皆因恼人的闷热，而浮现逃离的念头。没人知道，他多想将土地公面罩狠狠地拽在地上，头也不回地离开这烦躁拥挤的香阵。然而每当他这么想时，眼前就会浮现老婆玉凤企盼的眼神。玉凤眼眸里那份坚定的信赖总让陈浩羞惭，使他不得不压下逃离的渴望，强忍蒸炉似的闷热，继续浮晃在缓慢杂沓的阵头里。

晕眩昏乱中，陈浩感觉颈脖被人一勒。

回过头，一对共撑粉色阳伞、极亲昵的青春男女，正从后头拉扯陈浩颈上的圈饼。看他们时髦的装扮，不像是本地人，也不像是来这儿刈香的香客，大概是从城里来这儿看热闹的年轻人，陈浩想。

年轻情侣十指交握，你侬我、我护你的甜蜜模样，让陈浩不自觉地打了个冷战。

是的，陈浩羡慕他们，羡慕他们挥霍不尽的青春，更羡慕他们之间那种招之即来挥之即去的露水情意——他们可以轻易地一个转身背靠背，然后潇洒地摆摆手离去，眼下的爱与承诺都困不住他们跃动的心。

但是，陈浩更担忧他们，他和玉凤也曾经如此无忧，但他现在明白了，那其实是盘根错节的开始。总有一天，眼前的男女会从他们交握的手上抽长出枝芽、探出根茎，然后永永远远地纠结缠绕在一块儿，成为对方再也弃不掉的人生负债。

陈浩带着忧惧的目光向眼前的情侣点头示意，年轻男女不明所以地回了个憨笑，转头便要离开。陈浩见状，着急地再次朝他们点头示意，情侣仍旧不懂陈浩的意思，还好儿子阿伟机灵地高举胸前的捐献箱示意，适时化解陈浩的窘境。

"这也要钱？"年轻女子惊呼。

阿伟原本高举的捐献箱被年轻女子这么一喝，瞬间矮了半截，他仿佛做了什么亏心事似的，心虚地低下头，左脚蹭右脚地不断踢磨柏油路面。使得原本就不怎么扎实的鞋带一点一点地松脱。

陈浩父子俩显得有些手足无措，尴尬地与来自都市的情侣在马路上僵峙。

总在面对这样的窘境，陈浩特别想念以往在银行上班的日子。一种现在陈浩回想起来，还会浑身战栗的病态想念。

　　陈浩天生畏寒，近二十年的冷气房生涯，竟蚀得他手脚筋骨、脊椎尾端早衰退化日日酸疼，严重时甚至像有几条小蛇在噬他的骨。后来，陈浩索性每天一到办公室便直接躲进厕所，从西装口袋里掏出事先在家里裁好大小刚好的一沓辣椒贴布，一片接着一片地撕开，满涨着委屈在手脚关节和尾椎处设下慢火煨烧的路障，好抵御办公室那几条寒死人的小蛇。

　　总在又寒又燥的上班时光里，陈浩不止一次幻想自己或许比较适合当个烈日下挥汗的劳动工人。额头上，汗水挟着阳光，流水一般粼粼耀闪的感觉一定很不错。

　　只不过陈浩万万没想到，自己竟然真有这么一天，必须顶着烈日，装扮成可笑的土地公模样，在刈香队伍里贩卖祈福圈饼，甚至尴尬地等待眼前的年轻女子随便掏一点香油钱扔进阿伟高举的箱子里。

　　陈浩不明白是哪个环节出了问题，工作了近二十年日日门庭若市的银行，为何会在一夕之间关门大吉？此刻，陈浩唯一清楚的是自己已被严峻的社会现实给淘洗出来，现在他是无用的渣滓，比近日电视新闻里日日出现，永远精神萎靡面容憔悴的游民身影，更像渣滓。

穿着神的服饰四处行骗的无耻渣滓。

土地公低下头，不敢正视年轻女子不可置信的眼睛。

就在陈浩不知所措，犹豫该如何面对女子时，年轻女子为了怕被后头的"蜈蚣阵"撞上，飞快地从皮包里翻东掏西，捞出一枚十元硬币，扔进阿伟手中的捐献箱，随后便拉着男友，迅速消失在人海里。

望着情侣远去的背影，陈浩这才重重地松了口气。但随即他一阵怔愣，我不是个神吗，应该是我施舍给苦难的子民才对啊，怎么现在全反过来了？

一旁的儿子阿伟受了委屈似的低垂着头，细小的胳膊紧紧抱着过大的捐献箱，双脚不停地磨蹭已然脱落的鞋带。

陈浩叹口气，蹲下身将儿子松脱的鞋带紧紧系牢，并用手掌为阿伟抹去额头上的汗珠。

看着未满八岁的阿伟，满头满脸的汗水发丝，陈浩实在不知道该说些什么。

相较于儿子阿伟，陈浩至少还有一顶土地公面罩，可为内里的猥琐与不堪，华丽又不失庄严地修饰一番。然而，暴露在阳光下的儿子，却得泛着疲累的心虚，一个人负担两人份的尊严。

"累不累？"陈浩细细地替儿子将歪斜的肚兜挪正。

阿伟抿嘴摇头。

唉，要不是玉凤病了，阿伟也不用代替他母亲顶着烈日，抱着捐献箱跟着自己，干这苦差事。陈浩试着将内疚分一点给妻子。

"回去的时候，我们用这里的钱买冰淇淋好不好？"陈浩指着捐献箱说。

阿伟紧紧抱着捐献箱，猛力点头，两根冲天炮随着脑袋不住前后摇晃。

"还记得出发前爸爸告诉你什么吗？"陈浩问。

"要紧紧跟着爸爸，不可以跟丢。"

"还有呢？"

"要像个男子汉，不可以哭闹。"

"乖。"陈浩抚了抚阿伟的头。

在进入刘香阵头之前，陈浩又用手掌为阿伟抹去脸上的汗珠。

暂停。就是这个动作。

相较于另一个横死街头的陈浩，此刻正在替儿子拭汗的陈浩算是幸福的。陈浩永远不会知道这座岛上还有第二个叫陈浩的男人（暂且称呼他陈浩二），长年失业又身染重病，待好不容易筹到一笔小钱，准备到医院就诊时，不料一出门便遇见抢匪，落得最后胃出血横死在半路上。

横死街头的陈浩二眼神空洞，一名警察伸出手将他眼中的无情世界永远抹去。

刘香阵头沿着街巷继续浩荡前进。

从脸颊、背脊、裤脚滑落的汗水，陈浩觉得今天头顶上的太阳要比往常来得艳辣。从面罩上两个圆孔往外眺，壅塞的道路挤满了做生意的摊贩与进香的香客。摊贩锅炉里沸腾的雾气与香客手中香枝上缭绕的烟雾，顺着微弱的风势在空气中氤氲，在被太阳蒸煮的大街上漫淹开来。

陈浩越想振作精神，他的脑袋就越发昏沉，他感觉柏油路面与电线杆不住地扭曲形变，就连他自己，也不自觉地浮晃起来，踩在脚下的街道变得柔软不真实，他有种随时都会陷入泥淖的错觉。

顶着发胀的脑袋，陈浩突然无端地怨懑起儿子的乖顺。

一早玉凤替阿伟着装，要他跟着自己去刘香时，陈浩还在心底揣想着，这孩子肯定没多久便因吃不了苦而嚷着要回家，届时该如何如何安抚他或者晓以大义。

然而此刻的阿伟却完全一副不符合他年龄该有的乖顺懂事，这让陈浩觉得儿子正像吹气球一样无端地膨胀放大起来，一寸一尺一丈……大到足以遮去陈浩的俗世父亲身份。现在的阿伟已是一位不折不扣的神祇了，他正俯瞰着自己，严峻的目光像烈日一样监视着陈浩心底的每一缕阴影，不得偷懒，不得懈怠，不得休息……在巡境未抵终点之前。

垂下头，陈浩只得咬着牙，加紧脚步跟在"五王轿"后头。或许到了神殿那儿，会有更多虔诚的人潮，届时薄脆的圈饼便能换算成坚实的幸福，叮叮当当地挂在他的脖子上。一想到这儿，陈浩便不由得向四面涌来的香客点头纳笑，希望能多吸引民众的注意。

刈香队伍即将行过"五府千岁"神殿，群众吆喝的情绪声浪逐渐高涨，排在陈浩前头，原本用轮盘架起，由几个意识涣散而沉默的老汉，推牛车似的缓慢推移的"五王轿"，不知何时已被涌进的十数名年轻小伙子替换掉老汉。年轻小伙子将"五王轿"轿底的轮盘拆卸，改以人力扛举，脚步轻盈地前蹿后跳开来。

像是回应群众高亢的情绪，金狮阵、蜈蚣阵等各阵头开始比拼、较劲，热闹长排的香阵如龙蛇般扭动颠晃起来。

脑袋已然昏涨的陈浩和儿子阿伟，夹挤在阵头与阵头之间显得形单影只，好几次险些被前头颠蹿的"五王轿"冲散，要不是儿子阿伟用尽力气钩拉住陈浩的衣角，阿伟可能早已被意识恍惚的陈浩遗忘在拥挤的人群里。

通过"五府千岁"神殿的各阵头无不使出浑身解数：手持粉红阳伞、脸戴媒婆面具的"十二婆姐阵"，随着欢庆的乐音，个个扭臀摆腰还不时抛接帕巾；身骑高大骏马拳握流星槌的乩童，则是一副神灵附体的模样，拼命将手中棒槌砸向自己头颅……

预备入庙的"五王轿"，脚步越来越轻盈颠窜，进五退三的步伐不时冲撞后头的陈浩，许多围观膜拜的信徒因此推挤碰撞。

沿路，几名被人潮冲散的幼童，在拥挤的人群中哭喊叫唤走散的家人。

从土地公面罩往外看，整条街不知何时开始变得昏蒙起来，嘈杂的声音在那一瞬消失。眼前相互较劲的阵头像在搬演一出哑剧，极度夸张的肢体动作与表情无声地交织。

"先生，对不起，我们征的是三十五岁以下的职员，你已经四十五岁……"

陈浩又想起失业那一阵子。刚开始，陈浩不以为意，只当是得到一段难得的假期。然而渐渐地，陈浩慌了，失业的问题比他想象得还严重，整个金融界不是倒闭就是裁员，哪还有什么工作机会。那一阵子，无处可去的陈浩总是刻意让自己晾在阳光大好的窗台边，望着窗外灿烂的天光镇日发呆，他以为他可以看见以前错过的什么东西。

只是意识流动，翻掀过的却是一页又一页的空白。

这之中唯一的收获是……咦？怎么突然……突然都不酸了？陈浩一次又一次乐此不疲地反复搓揉自己的手脚关节，或者像扒手一样既惊且喜地上上下下这里偷捏一把那里贼抓一下自己的脊椎。

终于，陈浩确定，那几条噬骨的小蛇忘了跟出来，它们被永远锁在银行里了。

妈的，它们也失业了。陈浩低声咒怨。直到现在他才明白，自己是多么想念那些经年累月的筋骨酸痛，它们为他带来令人称羡的病态尊严。

"啊——"

陈浩的脖子狠狠刺了一下。

陈浩转头，一名妇人抱着孩子，正在拉扯自己脖子上的祈福圈饼。妇人眼神慈爱，将祈福圈饼小心地剥成碎屑，一瓣一瓣地小心送进孩子的口中。

那双眼，像极了妻日日夜夜向神明祈求平安顺遂的虔诚眼神，望着妇人，陈浩不知为何竟全身紧绷了起来。

吃完圈饼的妇人就要带着孩子离开，眼看他们就要没入人潮，陈浩一焦急，便紧抓着妇人，希望儿子能实时将捐献箱举高让妇人看见。只不过陈浩这一回头，才赫然发现儿子不见了。

陈浩朝刈香人群里张头探脑，仍不见儿子阿伟的身影。

一旁不知土地公用意的妇人，趁着陈浩寻找阿伟的空当，带着孩子到前头看热闹去了。

阿伟究竟是在哪里被冲散的？陈浩不停回想整个刈香绕境路线。该不会自己跑去买冰淇淋了？

一想到这儿，陈浩发了疯似的朝人潮里挤去，立刻沿着街边摊贩一处一处搜寻。

群众见颈间挂满祈福圈饼的土地公走近，群情兴奋地争相上前抢拉陈浩脖子上的圈饼。不同于肃穆有序的刈香队伍，陈浩所到之处俨然成了混乱的中心，然而丢了儿子的陈浩根本没心思注意营生的圈饼，他只想赶紧找到儿子阿伟。

香肠贩、弹珠摊、冰淇淋凉饮店，整条刈香绕境路线几乎被陈浩掀翻，陈浩就是找不到仙童装扮的阿伟。他懊恼得不知如何是好，这回不仅没赚到钱，还丢了儿子。陈浩眼帘又浮现玉凤那坚毅信赖的眼神。

因着男人不明所以的私心，陈浩总认定自己是这个家命定的地方神，像城隍、灶君、土地公，虽然神道不高，但却是对外唯一的窗口。然而事实是，失业之后背着光的陈浩，不觉中竟慢慢变成了这个家的瘟神，凝重的背影遮住了所有的光。

这之中只有玉凤能轻易地穿越他的防线，以无比哀伤的同情目光，看向他的无助。

陈浩将土地公头罩脱下摆在膝上，颓丧地坐在刈香活动广场旁榕树荫凉下，原本闷红的脸颊一下子清爽起来，郁闷的心情不自觉也放松不少，似乎有那么一下子，失踪的儿子、生病的老婆、生活的压力，全都随着汗水蒸发了。

那一瞬，陈浩好希望时间能就这么静止，定格在这静谧的一刻，因为唯有此刻，陈浩才是自己的土地神，不受任何信徒的支使。

"不用担心，会撑过去的，因为有你……"妻说。

妻那双如冤魂般凄凄艾艾，怜悯又坚毅的目瞳，一下子便轻易地闯了进来。一切都是因为妻，因为她那如信众般盲目信仰的眼神，逼得陈浩喘不过气来。

"就算出去乞讨，至少我们还有彼此……"妻说。

"不行……我没有办法……"

"你一定可以的，我相信……"妻说。

然而一如巡境的众神明，此刻的陈浩，早已因不停被迫出巡的疲累，丧失了庇护信众的能力，但为了安抚妻如芸芸众生不断索讨的目光，他只得一次又一次被架着脖子，壮盛而盲目地出巡。

其实陈浩早该知道，这个家真正的令牌在妻的手上，他只不过是被钦定的神祇。

"你一定可以的，我相信……"妻一次又一次地这么说。

陈浩起伏的心绪，再一次被妻信赖企盼的瞳眸给抑住了。他叹了口气，低头望看膝上的土地公面罩：如果你有灵，就帮我找找我的儿子吧！

躺在陈浩膝上的土地公，依旧憨笑墩墩。

此刻经过广场的是两尊身长丈余的千里眼与顺风耳神明人偶，而紧接其后是身形悬殊的七爷八爷，他们也和陈浩一样，颈脖上皆挂满一串又一串的祈福圈饼。

陈浩愣瞪瞪地望着他们从自己眼前摇摇晃晃地走了

过去，他讷讷地将手伸直，犹豫自己是否该上前讨两块真正的祈福圈饼。

只是望着一个个不知是疲累，还是因岁岁月月出巡而早已麻木的神明人偶，陈浩伸出的手迟疑了——欺瞒神明的恶，众神难道会视而不见吗？还是眼前摇晃颠过的神偶，其实不过和他一样，也是个凡夫俗子扮的神明演员，不具任何神性？

陈浩无奈地撑起身子，胸前十来串伪祈福圈饼，迎着刺眼的阳光荡了两下，脖子上的系绳松脱，其中一串圈饼喀啦掉落。

暂停。就是这个动作。

相较于另一个死在英文字海里的陈浩，此刻掉了一串圈饼的陈浩算是幸福的。

陈浩永远不会知道这座岛上还有第三个叫陈浩的男人（暂且称呼他陈浩三）。当趴伏在桌面的陈浩三尸首被发现时，他那失去弹性的半边脸已经陷进一本叫《如何捷进英文单字》的书里。警察在陈浩三身上只找到一只皮夹，皮夹里除了几张霉菌斑斑的缴费通知单外，什么也没有。在限水限电的租屋里，只有一旁的手电筒离奇地亮着。据分析，中年失业的陈浩三临死前正用手电筒苦读英文，盼有机会东山再起。至于死因目前仍有待查证。

两名警察合力抬起陈浩三的尸首，从死者的胸口，亮闪闪的，一只安过太岁的平安符，不平安地飘飘坠地。

一张张横眉竖眼，凶神恶煞的"八家将"正恶狠狠地围瞪着陈浩，而少了面具遮掩的陈浩，心虚得不知该如何面对。

陈浩只好讪讪地上前捡起已被踩得灰头土脸的土地公面罩，假装啥事都没发生，重新戴上。

突然，像是恶作剧似的，"八家将"上前将憨笑墩墩的土地公团团围住，或摇鹅翎扇，或执判官笔，或挥舞着手镣脚铐，跳起不知是奇门遁甲还是五行八卦的奇诡阵法。

陈浩觉得一阵晕眩。

"爸——"

正当陈浩和"八家将"僵持时，陈浩好像听到儿子阿伟的声音。

陈浩回头，但什么都没看见。

"爸——"

站在对街的阿伟扯喉向父亲喊了几声，无奈高分贝的宫庙欢庆，淹没阿伟的叫唤。情急之下，阿伟径自穿越广场，直往陈浩奔去。

"爸——"

不知道是不是阿伟奋力的叫声起了效用，陈浩再次转头，朝广场上的人群中望去，这才看见儿子阿伟正穿越耍刀使枪乩童乱舞的广场，朝他这里奔来。陈浩来不及出声阻止，急着想要上前唤住儿子，无奈被"八家将"团团围住动弹不得。

阿伟兴奋地直往前跑，没注意到一旁舞刀弄枪的乩童，就在快穿越广场时，被蹿跳的阵头给绊倒。

阿伟的捐献箱如流星陨落，里头的硬币和纸钞漫天飞舞洒落一地。围观群众见状，疯狂地向前争相抢拾。

陈浩见阿伟跌倒，不知哪来的勇气，使劲推倒两名挡前头的"八家将"，三步并两步，焦急地挤进人群中。

群众见挂着祈福圈饼的土地公挤进人潮，以为广场上正在分发祈福圈饼，纷纷往陈浩身上推挤，抢拉圈饼。而夹挤在人潮之中的陈浩，一心只想钻进广场中心，根本没察觉脖子上的圈饼早已被群众抢刮一空。

陈浩拨开人群看见阿伟的时候，阿伟手里正紧紧握着一张好不容易抢回来的百元钞票，头上两根冲天炮已完全松脱，膝盖和嘴角都有些微破皮的擦伤。

"痛不痛？"一无所有的陈浩，紧紧抱着阿伟。

阿伟像做错什么事似的低着头，只顾着将手里的百元钞票仔细塞回捐献箱。

"痛不痛？"陈浩又问了一次。

阿伟一副害怕挨骂的模样，将头压得低低的，小声道："等一下，我一定不会再跟丢。"

陈浩没想到儿子会这么回答，一时不知该如何接口。

没人知道此时的陈浩，脑袋茫然得像豆腐渣。

"……你累不累？"陈浩好不容易挤出一句话来。

阿伟摇头。

"要不要休息一下？"

阿伟又摇了摇头。

陈浩没想到儿子这么倔强，只好苦笑地摸摸阿伟的头，说："回去的时候，除了冰淇淋，我们用这里的钱买一只皮卡丘好不好？"陈浩指着捐献箱。

阿伟紧抱着捐献箱，猛力点头，凌乱的冲天炮随风晃荡。

看着阿伟坚毅的脸庞，此时陈浩心底更加茫然了。

"爸。"阿伟拉了拉陈浩的衣角。

陈浩茫然地回头望着儿子，他看见阿伟正牵起自己的手，坚定地朝炮声杂沓的刘香队伍里走去。在推来涌去的人潮里，只见陈浩尴尬一笑，然后便将原本拿在手上，已被踩皱的土地公面罩又缓缓戴了上去。

刈香队伍依旧浩荡前进。

燥热的行伍中，突然迎面袭来一阵凉风。

"爸，好凉喔！"阿伟仰着脸拉了拉陈浩的衣角。

戴着一副皱巴巴，看不出是哭还是笑的土地公面罩的陈浩，低着头看了看儿子满足的笑脸，也跟着点了点头，笑了笑。"是啊，好凉喔！"

突然，伴随着两侧群众的尖叫声，又蹦又跳的五王轿从仙童阿伟后头冲撞了过来。

循着群众的尖叫声，憨笑墩墩的土地公回头一瞥。逆着光，眼前一阵耀闪闪的，什么都看不清。然而，眯着眼的土地公却警觉地扬起道袍，本能地将儿子揽到身后。

暂停。就是这个动作。

神明演员，不具任何神性的陈浩，不觉中施展了毕生唯一所拥有的法术。终于，五王轿像一把展开的剑扇朝土地公翩翩灼灼刺了过来。

然后便是永恒的暂停动作了。

憨笑墩墩的土地公永远不知道他体内这个叫陈浩的男人，心底最后一个卑微的念头是：好凉喔，真希望这阵风能一直吹下去。

（本文获2004年第二十二届学生文学奖大专小说组首奖）

理

　　月光沿着嵌在高墙上的铁窗缝隙漫淹而下，晕黄的光束打在阴暗黝湿的水泥墙上。长久沉思凝坐床缘的我，偶然抬头，才发觉自己的身影不知什么时候已被月色给镶在透明光帷之中，随着递嬗增衍的云层飘移，墙上的黑影显得明灭不定。

　　衬着流光，环顾圈绑我十余年光阴的黑暗牢笼，往昔情怀一幕幕涌上心头。明日我便要离开这里，回到阳光照耀的无拘日子里去了，然而面对自由在即，往日企盼黎明的渴望却不明所以地胆怯。

　　取出叠压在床板下的白色方块帕巾，缓慢摊于手掌，一束排列整齐的干黄发束乖顺地平躺其中。俯身，细细浸闻残留在发丝的味道。

思绪飞快轮转，我忆及多年前，预备离开狱所的3267。

像是为了破除巫蛊虫毒的禁忌，在3267预备离开这里的前一夜，我被获准为她理发。

"我要开始了。"我颤着手握着剪刀，讷讷地对3267说。

森然灿亮的剪刀握在手里显得凝重。

原本亮银银的剪刀，在这个仿佛蛰伏地底的穴居生物的牢房内，少了耀眼蜇人的日照陪衬，银白的剪刀没有白日花花下的灿亮，有的只是隐匿伏窜的阴森气息。

透过微弱的灯光，笨拙地左右挪移我的食指与拇指，尖长森亮的刀嘴在我的带动下，显得魑魅。

该从哪儿开始？抚摸3267干枯杂黄的乱发，我不禁踌躇。

3267看出我的犹豫，回头给我一个信任的眼神，像是赋予我修整眼前这片杂乱稻梗残茎的所有权力。

我轻缓摩挲稻秸触感的褐发，我闻到一股隐匿在发丛间汗水被阳光蒸腾后的焦烧烫金味道，发缝间还杂糅着淡淡烟草香。

在这四面都是隔绝阳光的厚笃水泥墙凹折槽缝里，抬头，除了一扇够不着也启不开的铁窗外，阴湿潮霉早已是这里的常客，想迎进一缕光束做客，并非那么容易。而利用白日户外的劳动时间，将头发曝晒于日照下，浸淫吸取不同于阴冷的金属味道，则是身处狱所将温暖亮晃的橙橘触感带回潮湿居所的唯一办法。

我浸渍在这得来不易的烫金味道中。

不知何时，月光自终年不启的铁窗漫淹而进，晕黄光束在房内的深坑黑洼中慢爬，逐渐布满侧边的砖墙，光帷上映着3267半身的剪影。随着光晕慢爬的律动，我轻揪起一小撮3267干枯的黄发，没有计划地，一点一点缓慢地修整着。

"二十多年了，我仍不习惯这里的阒黑……"3267望着地上挪移的光影，幽缓地叙说。

如同久居蜗壳内的蜗牛，永远无法适应乍然失去硬壳的屏障一般，居住在这里的人，即便是我，也同3267一样，害怕灰败暗黑的夜色降临。

因为总在熄灯之后，一切都无法视见时，夜的心跳声便显得魑魅。

拴不紧的水龙头，终年发出衰败躯壳里点滴溶液坠落的空洞声响；巡房狱吏森冷的鞋靴叩地声，沿着甬道由远而近，再由近而远；还有幽黯牢房里关不住的各式嗟叹、咆哮、饮泣声……

如果，再静下心来仔细聆听，还能听见蠹虫啃咬床板书报、蜘蛛吐丝结网撕咬猎物，有几次我甚至还听见月光下，自己影子细细挪移的声响。

在阴湿潮霉的凹槽缝隙内待久了，便不由得渴望黎明。

除了黎明，我也渴望听见"海"的声音——借由一只小贝壳。

趁夜，我总是攀附在我蜷居的蜗室里那扇高悬的铁窗，以双臂支撑身体的重量，然后静静地将耳朵附在铁窗缺露的缝隙，听呼呼风声带来远方的声响。

低矮屋檐前，老藤瓜蔓下，老狗如雷的鼾声；蜿蜒小溪旁，顽童欢闹嬉戏的泼水声；傍晚黄昏时刻，母亲温柔地喊唤家人开饭的叫唤声。

有时我还会听见——飞机划破夜空，隐匿在地平线另一端的微弱引擎声；山腰岩壁上，疲累的海鸥敛翅于巢洞中，觑眯着眼休息的咕噜声；如果我够专心，风还会为我带来远方浪潮拍打礁岩的辽阔声响。一如附耳聆听鹦鹉螺，世界的声音都藏匿其中，而这扇终年不启的铁窗下的裂缝，便是我聆听广袤世界的贝壳。

我喜爱贝壳里的声音，因为那是自由无拘的辽阔声响。

"……不同于这里的阴暗，家门后面那条通往学校的石子路永远是炽白灿亮……"3267不明所以地叨述。

3267卷起裤管告诉我说那条石子路也是她朝拜的圣地，不知为何，她经常在上学的途中被石子绊倒，膝盖上的坑疤就是跌倒后的战利品，而她总是在跌倒之后，想到还要绕过一座山丘，经过三个土地公庙，再横越两座村民自搭的简易便桥才能抵达学校，她便不愿意再往前行走了。她会赖坐在石子路旁，直到听见悠远的上课钟声响起，她才将屁股支离地面，朝着反方向往回走，然后爬上家门后院那株样貌像个枯瘦老头的老榕——

随着3267描述的声音越来越弱，她口中故乡的样貌于我而言也越来越模糊，我有一种错觉，仿佛她倾诉的对象不是我，而是离家多年的3267。

取出一只白色的小方帕，我将3267剪下的发丝小心仔细地放在方帕上。

3267问我：做什么？

我瞠然不语。我们之间突然涌进大量的沉默暗流，我们在急流旋涡中僵滞着。

其实我也不明白自己为何将3267的头发收集起来，然而就像大富翁游戏，当棋子踏入写着"监狱"的方格内，就会自动将棋子挪移到画有监狱样貌的格子里的反射性动作一样，我看见剪下的发丛，便本能地掏出帕布，然后顺手将剪下的褐发存放在帕巾上。

直到后来，当夜色降临，透过3267发束上残留的烫金味道的慰藉，我才恍然明白自己保存3267的发束，其实并非完全出于自然的反射。

沉默一阵之后，3267又自顾自地继续叙说。仿佛监视自己家人般，有好几次，她坐在树上看着树下自己母亲盛装打扮，却蹑手蹑脚潜入田野草丛间的怪异身影。有时则是听见终年酒醉未醒的父亲嚎骂的声音与母亲细琐的哭声，而她总是这样安静地坐在老得不能再老的瘦弱枝干上，等待夕阳西下天空布满紫色彩霞，等到听见学校放学的悠扬钟声……

她说，那棵老榕的树干因禁不起虫蚁的侵蚀，许多地方已然崩毁朽坏，二十多年过去了，不知老榕现在是否仍伫立存在。

我听见3267悠悠的口吻里有着轻轻的叹息。

在她细弱如蚊的叙说里，我隐约听见她说，直到现在，她仍忘不了最后一次坐在树上看着十数名身着制服的警员，从山脚下迤衍上山只为了捉拿她的景况。

一面聆听3267的讲述，我一面继续小心修剪她枯黄杂乱的头发。

明日3267就要离开这里，回到她口中那个清晰的故乡去了，然而我仍不明白为何在她预备离开这里的前夕，竟要求不会理发的我为她剪发。

理发，是否是为了不将这里的记忆带回家乡的缘故？

不知道我要离开这里时，我会不会和3267一样，将这里的记忆全然剪去。

犹记得初来这里的那些索然无味的日子，每日凌晨五点起床，迅速盥洗之后便是早饭，而劳动钟声响起之前，鸟儿才开始啁啾，然后阳光会在休息铃声响起之后，透过寝居唯一的铁窗射入阴暗多湿的居所，做短暂的停留。那是一天之中，阳光唯一进入房内的时间，当然，越接近冬日，阳光溢进房内的时间会逐渐延后。

我没有停下理发的动作，只是分心地瞟了眼坑洼地板上不清楚的细白刻痕，那是每日阳光照射进来时，我以指甲痕刻出的记号。

然而就算是在那样的日子里：凌晨五点醒来，在固定时间谛听鸟儿第一声啾叫，然后回房时会看见一天之中唯一照进房内的耀眼光束。这些，就像终年吃着腌菜酱瓜配饭的日子，尽管苦闷无味，却哪能如剪去的头发一般，说忘就能忘记的呢？

不知什么时候，我发现3267停止叙说，她静默地低着头，似乎正在沉思着。

天光挪移，原本倚在侧边砖墙上的晕黄光影缓慢退出铁窗缝隙，少了月光照射，室内逐渐变得模糊。

沉默许久的3267突然扭头对我说："我害怕黎明……"

回想认识3267的那些年，她经常说的一句话便是，要不是知道黎明正一步一步地逼近，她是绝对无法再忍耐这个阴暗潮湿居所分秒。

捧握方块帕巾中的发束，这么多年过去了，3267的发丝还是那股杂糅汗水与阳光曝晒后的烫金味道。

现在的我，正如当年3267面对即将离开永远的阒黑。抬头望着高墙上终年紧闭的铁窗，明日以后，我无须再借由这只小贝壳，便能自由地聆听"海"的声音。

月光不知何时已退出阴湿潮霉的居所，我的身影遁入灰败之中。我渴望黎明，然而面对自由在即，我却更害怕黎明的到来。凝望掌中毫无生机的发束，我不自觉地轻揪起自己耳鬓的一绺发丝，缓缓地修剪起来。

（本文获2005年第四届宗教文学奖评审推荐奖）

狗日的父亲

我那狗日的父亲，今年八十有二，这是他最后一次走亲戚了。

"狗日的，他娘你个屁，什么玩意儿，老子不会再回来大石庄这狗日的地方！"我那狗日的父亲心不坏，就是嘴泼贱了些。

大石庄是我那狗日的父亲在山东的老家，现在是他最嫌弃的地方。

"给我听明白了都！这儿是高级的卧铺汽车，有卫生间，有空调，还有小录放，不管你们穿的是啥高档还是低档次的，你们每个人都一样享用得到，但是有两样，你们得给我记牢了，车上卫生间只准尿尿不准拉屎，再一样，为了空调的效率，窗都是死的，你们睡觉不要紧，但谁要是抽烟，妨碍了别人呼吸咱高级空调的权利，老子就不客气了。"从山东菏泽开往黄土高原的长途汽车司机，吼着一口山东响马的剽悍。

我那狗日的父亲知道，能在这行混口饭吃的，全是招惹不起的好样人物，就算不是地头，也合该是个要角儿。我那狗日的父亲瞧那一个个上车的人，表情都乖得像张柿子饼，甜到顶了，他也就啥都明白了。

我那狗日的父亲缴完了一人六十块钱的车钱之后，也成了一张卖相特好的柿子饼，咧着嘴，红通通地上了车。

将行李按倒在左侧靠窗的卧铺床上后，我那狗日的父亲才在中道的卧铺上歇歇腿儿。

狗日的父亲才刚倒头想蒙一会儿眼，就瞟见那个严格规定别人不准抽烟的老兄，一坐上驾驶座，立刻大剌刺地点了一支烟，舒畅地哈着。我那狗日的父亲"嘿"地冷笑一声，心里更清明了。

在这儿，规矩是讲给那些认识字或耳朵没聋的人听的，不认识字或耳朵好的，也就没了那束缚力。

狗日的父亲就算瞧不习惯也得习惯了，反正他无所谓了，只要能赶快离开鄄城这个鬼地方，随便他们爱怎么着就怎么着吧。

我那狗日的父亲能坐上这趟车不容易。

在鄄城那个又热又到处丢满果皮棒冰棍的小车站里，车子爱来不来根本没个准儿，没被炸成人肉棒子算万幸。小车站的候车椅上倒着一排不知从哪一年起，就已经在这车站等车的老汉与农家老妇，他们脚下还有一袋袋不知要运到哪个城镇卖个好价钱的收成。

我那狗日的父亲下午两点钟进到车站，瞧瞧这副光景就知道事情要坏。

"狗日的，俺到渭南去，两点一刻的车能准时来吗？"

我那狗日的父亲原本想，车要是到不了站，他就改搭火车去，火车误一点时间不打紧，总不可能误了期，搭不了车。

"喔，准时来，你随便找个位歇会儿，车来了会通知你。"一个女服务员眼睛连瞟都没瞟他一眼。

这个车站里，女服务员比乘车的人还多，而且永远忙得挺热火的，一排穿着制服的女服务员叽叽喳喳，扇扇子的扇扇子，吃桃的吃桃，聊天儿的聊天儿，她们什么事都干，就是不管事。

这一等，我那狗日的父亲坐在车站里就是三小时，他都已经眼巴巴地看着外头小贩，卖锅饼夹猪肉的馍子都卖了好几锅，也看了好几场车站外"的士"抢包的激烈：不管乘客上不上自个儿的"的士"，司机抢了乘客的包就往车上跑。若有人大叫抢劫，"的士"驾驶员便会白你两道眼，说："这叫服务周到。"等到我那狗日的父亲柳树般的骨头都快要化了，车子连屁也没响一个。

我狗日的父亲终于忍不住性子："你他娘狗日的，都这会儿时间了，车到底来不来？"

一个女服务员抬头看了看墙上的时间，指针刚好指在五点钟的方向，说："不碍事儿！"

"怎不碍事？车到底来不来，你倒是动动腿儿，问一声去呀！"

"哎？这么多人都等车，又不是只有你一个人，你急个什么劲儿？况且车又不是我开的，我哪知道。"说完，女服务员扇着扇子，扭着屁股走了。

望着浑圆扭动的屁股，我狗日的父亲等也不是走也不是，焦急得坐也坐不住站也站不稳，直到一个小男孩将他手上吃完的棒冰棍随兴扔向身后，恰巧砸中我狗日的父亲的老脸，一个女服务员这才终于从休息室走出来了，朗声道：

"各位同志，从青岛发车到渭南的长途汽车已经在青岛车站客满了，不会来了……"女服务员顿了顿，微笑地等待似乎早已预期的躁动。

但是奇怪的是站内竟然没有人嚷嚷，仿佛这种事已经司空见惯，除了我狗日的父亲：

"两点一刻的车，你他娘的这会儿都什么时候了，怎么能在这节骨眼说不来就不来。"

"就是把咱们都当成三岁娃也不能这么耍！"狗日的父亲又说。

"格老子地无论如何你们得跟他们说一声，就算把俺他娘的捆在车顶，俺也愿意付一样的钱。"狗日的父亲憋着一口气还说。

女服务员："哼，方向盘握在人家手里，人家就是不把轮子驶来，你能怎么着，急我也没用。"

"喀"，我狗日的父亲心里一焦急，竟然把一颗跟了他八十二年的老门牙给崩断，吐在自己的老手上，"狗日的牙、你这狗日的牙！"

女服务员扬扬手："这往渭南的长途汽车是不来了没错，但是另一班开往西安的车正在朝这儿的路上！而且还是个高级豪华的卧铺空调车，贵是贵了些，但同样也能把你们送到渭南去！"

"谁晓得你说的这车买不买你说的账，到时又说不来你背我上山东？"同样是等车的人突然冒出一句调侃。

"呦喝我没那个好福气，有你们这群王八羔子的龟儿子，瞧瞧你们后头吧！"女服务员说完话，开往西安的长途汽车真的来了。

看见汽车真的来了，大伙儿扛粮食的扛粮食，抱小孩的抱小孩，老妇人找掉了的绣花鞋，车站里人全都挤成一盆热腾腾的酸气，熏得眼睛发酸，有个老头儿还趁机摸了两把女服务员浑圆的屁股。

我狗日的父亲驮着行李，缓慢地跟在人群最后。

等所有人都上了车，好不容易轮到我狗日的父亲，女服务员突然手一拦，将我狗日的父亲给拦在车门外："老爷子您等下一班吧！这车满了。"

"咋咋咋……"我狗日的父亲一急，喉咙咕噜地呛了好几口水，半晌说不出话，只能拼命地喘着。

我那狗日的父亲知道他不能再等了，他没时间了，这一趟路，他挺得太硬朗，太坚强了。现在他累了，累得只剩满嘴的假牙了。他明白再这样等下去，就算他把满嘴的假牙全都给吐了出来，也不知道哪年能等着开往菏泽的车。

"俺他娘的得上车。"我那狗日的父亲塞了一百块钱进女服务员的口袋。

"嗳！这我可不能作主，你不是这儿人吧？"女服务员把一百块钱又给丢还回去。

我狗日的父亲激动："俺、俺、俺咋咧不是，俺老家就住在大石庄……"

"不是我不让你上车，住在这儿的人都知道，这里的车难等，车要是来，就得抢。不过老爷子您肯花钱，这事也许容易办，你给等等！"女服务员进到车里，把开车的司机找来。

"这车由他作主，你能不能上去得瞧他意思了。"女服务员朝我狗日的父亲努了努嘴。

我那狗日的父亲赶紧将一百块钱塞进开车老兄的手里时，紧张得差点连牙都递上去。

"行，遇上了我，算你运气……你等等。"开车的男人立刻上车，指着两个人的鼻子吼道："你和你，下车、下车。"

"咱可是头一个上来的，怎么又叫下车了？"被指着鼻子的那个人不服气。

"老子叫你们下车，算是客气你们，瞧你们一个个缴一人份的车资，却把整家人的行李粮食都给扛上车，天下有做赔本的生意没有，你们要是全都给这些家当算上价，老子二话不说立刻开车，要是没有，识相的就赶快给老子滚！"

终于，我那狗日的父亲好不容易才挤上了这趟车。

算算时间，我那狗日的父亲一共等了五个小时才等上车。在这个从前是个土匪窝如今却是沙尘充斥的小镇上，居住在这儿的人似乎什么都穷，但有一样，却多得不成比例，他们口袋里多的是无穷尽的时间。

还好，女服务员说了，这趟路程原本得花十四个小时的火车时间，但这车开的是高速道，只要七小时就能到渭南，所以算一算，等了五个小时的车也还不算吃亏。

我狗日的父亲躺下车，嗯哼地吃力转了个身，喃喃地说："他奶奶的狗日的……俺俺俺那个……全都是那个混球羔子……狗日的混蛋……"

我那狗日的父亲口中的混球羔子，说的正是他自己的亲生儿子。

那个混球羔子的名字叫李宗喜，论血脉，他是我狗日父亲和他的大太太所生的第一个儿，所以我狗日的父亲在台湾的所有狗日的孩子，都得称宗喜一声大哥。若以年纪来推算，其实宗喜都可以当弟弟妹妹的爹了，但看长相，谁只要瞧一眼我大哥脸上那猫爪子的皱纹，都想喊他一声爷爷。

按照我那狗日父亲的说法，我大哥是他在大陆唯一的血脉，却也是个最混蛋的浑球，把他老家的老脸都给丢光了。

你以为李宗喜是干了什么见不得人的坏事？谁第一次听到我那狗日的父亲提起他儿子宗喜，也当以为李宗喜给人干了什么坏勾当，恼怒我那狗日的父亲。但李宗喜啥坏事也没干过，若要认真说他的短处，那他唯一的毛病就是太孝顺又太苦。

是的，一切都是因为李宗喜太苦的缘故，苦得连我二姑、三叔、四姑以及道三老爷那门的长辈，遇见了我那狗日的父亲，都会朝他翘起大拇指：

"宗喜是个苦命的好孩子啊。"

"算他娘个球吧！那孩子有啥苦的，有他老子苦吗？老子逃难逃了大半个中国，当兵逃兵不知道多少回，最后还差点死在火烧岛……"我狗日的父亲一听到所有人都维护他的儿子就恼火了。

"宗喜从小没爹没娘也没人理他，是他自己到田里挖土把自己给喂大的，他是个老实的好孩子。"

"俺宁愿他是个傻子，啥都不会，但他却学了一嘴的坏。"

在我狗日的父亲眼里，李宗喜千错万错，全都错在他没读过书，是个老老实实没文化的乡巴佬，尤其是他那根直通到底的直肠子，压根没拐弯的心思。

苦把李宗喜往火里推，而李宗喜却不小心把我狗日的父亲给供养成了一个娇生惯养的天皇老子。

其实这也不能全说是我那狗日的父亲的错，坏就坏在谁让李宗喜都活了那么一大把年纪了，上头竟然还有个爹活着。

李宗喜一直以为他爹早死了，死在战争的炮灰里，死在被人活活丢进江河中，去做坦克的活人桥去了。直到李宗喜四十八岁那年，当知道他爹还活着的时候，李宗喜的三个儿子都娶了媳妇儿，而且还生了个娃儿，让他当上爷爷了。原本李宗喜以为人生到了爷爷的年纪就已经活到了顶，但谁知道才刚坐上了爷爷的位置，竟然还冒出了一个爹，让他从爷爷的位置上，又降为一个儿子的身份。

李宗喜对他爹的孝心其实没啥话好说，他第一次同他爹相见认亲时，李宗喜便扛了一大袋自耕田里种的花生，从山东郓城的老家扛到了陕西西安，又是骡车又是牛车又是火车，足足颠簸了四天三夜，才将八十多斤的花生给扛到了我爹面前：

"爹，这是咱地里今年的收成，您带回去给弟弟妹妹，让他们也尝尝从咱土地上种出来的滋味儿。"

当时正当年壮的李宗喜一说完，立刻把我爹气得脸色发白，直嚷嚷："傻子！莫说能不能过得了海关，你连你爹俺多大岁数都不晓得么？俺能扛得动这些么？笨哪俺怎么会有个这么笨的儿子，丢光祖宗的脸！"

长途汽车飞快地开上了高速道。

"叭——叭叭——叭叭叭——咋么开车地，滚你娘个球，啐！"驶车的男人朝窗外啐了一口唾沫，那口沫才刚离嘴，很快地又被风"啪"地给打回了自己的脸上。

"他奶奶的——叭叭叭！"此去西安一路，刺耳的喇叭好像就装在我那狗日父亲的耳膜上，一路没停过。

不止这班长途车，整条通往陕西的高速道上，令人痉挛的喇叭声打仗似的，在高速道上炸开来。

在这场激烈的战争声中，车上的人渐渐都倒下了，而我那狗日父亲呢喃的声音，也逐渐成了一道不怎么安稳的鼾墙。

没有意外的话，我那狗日的父亲在临睡前最后的意识，肯定是飘到了鄄城的大石庄，飘到了那个他出生的土地上，飘到了那个原本是在村庄里拥有亲人最多的地主的大宅院，如今却因为"文化大革命"搞阶级斗争，死的死逃的逃，只剩一个六十多年来，都在大石庄的太阳下用蛮力耕犁翻土撒种的那个矮小的儿子宗喜的农家院。

李宗喜是我狗日父亲心头上的一块肉，刀子插着疼，拿下更疼。

李宗喜是一个让大石庄头顶的太阳火烧了一甲子的六十岁老头儿，他全身上下从头到脚没一处不黑，只是黑得有些黯淡了，他体内流的是"黑五类"的血液，被划分为成分不好的他，只能驼着矮小的身躯，在整天弥漫着黄土的田地里没日没夜地耕种，活像只勤奋的老驴。

多年来，李宗喜这只老驴会在秋天鞭打着另一头黑驴，犁着一亩小田，赶在秋后将麦子撒到田地里，直到来年初夏，麦子梢黄了，好不容易割下麦子，却又忙碌地将高粱谷子种下，等着秋收。

"宗喜？"村里人都爱叫唤李宗喜。

"唉！"

"腾个手使使呗！"

"好咧！"

李宗喜虽然个头不比一只驴高，但他在比六十岁还年轻个几岁时，能用嘴将两百石麦子轻松甩上肩，走在田埂上的腿儿依旧利索，一点都不含糊，是村里出了名的好人。农忙时，谁都要来向他借力气，把没人干得了的活给干了。

每天，宗喜不是忙活自己的农事，就是忙活别人的，但总是忙别人的时候多，忙自己的少。家里三亩多的田，全仰赖他的女人下地帮忙才能按时赶上季节收割播种。

早些年，李宗喜的爹被日本鬼子的炮火给轰出大石庄的时候，宗喜才三岁，所以当三岁的宗喜变成二十岁帮人跑腿的宗喜、三十岁帮人担麦子成了全村待人最热情的宗喜、四十岁帮人照顾二亩高粱田地却被人恶意给蒙了全部积蓄的宗喜，以及后来五十岁、六十岁东奔西跑整日不得闲的老宗喜，我那狗日的父亲自然都没看过，这些事儿全是后来老宗喜与他爹相见之后，提起过去，才一点一滴地让他爹明白在他爹离家的五六十年的时间里，这个李家单根独苗的血脉过的是什么样的生活。

宗喜在村子里是热心肠出了名的，但在我那狗日的父亲眼里，他究竟还是三岁的娃，思想成分想不到透里去也就算了，竟然连大字也不识一个，让我那狗日的父亲直嚷嚷咱家当了一辈子的读书世家，竟然出了个文盲。

"不是的爹，俺、俺也想过要学，只是俺、俺……"宗喜是怕他爹的，四十多岁才有了爹，谁都会有些怕，因此他说话的声音也有些抖了。

"狗日的，没有心！全是因为懒，谁不知道你爷爷是城里最出名的医生，你虽然三岁没了父亲，四岁死了母亲，但你还有你爷爷可以请教，全都怪你自己不勤奋。"

狗日的父亲说。

我那狗日的父亲大概是忘了，他离家之后，他爹因为遭人诬陷杀了人，被判了十八年的刑，给人关在城里的地牢里，压根没在宗喜身边。

我那狗日的父亲是个死心眼，只要是他认准的事，谁也不能改变他，所以尽管后来他知道他爹，也就是李宗喜的爷爷被关的事儿，他仍是认定李宗喜不认字的事儿，全是因为懒。

谈起我那狗日的父亲，说聪明不聪明，说灵巧也不怎么灵巧，可以说是什么优点都没有，但就一样没人比得上，那就是他毅力出奇地惊人，尤其读书的毅力。人家是笨鸟先飞，他是笨鸟多飞，别人早去玩耍了，他却非得要把书给读烂了才肯罢手，年年拿第一已经不稀奇，我狗日的父亲竟然十八岁就当上了济南中学的校长，真他娘的厉害。

不过李宗喜也算继承了他爹这项优点了，自他被他爹教训之后，他就开始学认字、写字，短短的几个月，他不但认得字，也写得一手好字，而且还当上村里为民服务的代表，做起整日帮人写信读信的差使。

但是我那狗日的父亲总是不满足的，挑剔完这儿，别处也就越看越不顺眼：

"宗啊，你家这茅厕也太脏了……"

"爹，不脏不脏，这是为了您回来才新挖的……"

"你活了这么大把年纪，怎么不长见识，你怎么不到城镇去转悠转悠，人家现在都时兴用马桶，解完手把钮一按，水就哗啦啦啦把所有屎都冲走，哪像你这儿，今天的屎压着昨天的尿，昨天的尿又压着前天大前天的屎和尿，俺每次一进茅厕就一阵恶，吐的比拉的还多，再这样下去，俺这条老命就要被你的茅厕给呕死了，下回说什么，俺也不会回来这窝囊的地方……"

"爹，您回来吧，下回您要是再到这儿走亲戚，俺一定把茅厕改得像您说的一样干净，您回来吧，您来到鄄城走亲，不回来看看这老家，别人会以为俺不孝顺……"李宗喜说到这儿声音都有些沙哑了。

"狗日的，照你这么说，俺还得顾着你孝顺的面子，来这儿丢掉老命是不是？"我那狗日的父亲火了。

"不是的爹，俺只是、俺只是……"李宗喜心里一急，结巴得啥话都说不出了。

"俺实话告诉你吧，你这儿卫生不干净，俺再回来就非得死在这儿。你瞧瞧你们给俺吃的猪肘子和熏鸡，臭酸得不像样，连个冰箱也没有，食物都坏了还让俺往嘴里送，俺一吃就泻肚，俺是不是非得要死在这儿了，你才叫明白孝顺的道理！"

"爹这个……这个……"李宗喜眼睛骨碌骨碌地直冒汗。

那时每门李家亲戚都觉得李宗喜可怜极了，可怜他都已经这么老了，竟然还有个爱管闲事爱挑剔的爹在上头。

李宗喜从外表看上去，长得其实不太像我狗日的父亲的儿子，反倒像我狗日父亲的爹。李宗喜瘦小、虚弱，牙也全没了，走起路摇摇晃晃，老得连我狗日的父亲都想搀扶他一把。

我狗日的父亲每回看到李宗喜时，总是皱着眉头："宗啊，你未免也太老了！老得连俺这个爹都想掐死你。"

"是是，爹……"每当我狗日的父亲嫌弃李宗喜的老态，李宗喜就会挺起腰杆，故意奋力地向前大迈步。

李宗喜总是将我爹的话当作改革标杆，但是宗喜越是这样，他爹的眉头就拧得越紧，几乎就要拧出水来。

这天，当李宗喜一听说他爹又决定回老家走亲戚时，当下就将农田里的事全都放下，交给了他的女人，而他则脚步轻快地逢人便喜滋滋地笑着，若有人问起：

"上哪儿咋那么喜欢高兴？瞧你乐得嘴都合不拢！"

"俺爹就要蹬回俺家村来了，俺爹就要蹬回俺家村来了，俺得赶紧去城里找个搞建设的！"

"你爹回来和搞建设的有啥关系？"

"是是，没啥关系、没啥多大关系……"

李宗喜从城里回来已是三天之后的事了。宗喜是踩着清晨第一道露水回来的，而他扛了六十年麦子的背，这天竟然扛了一块中间破了个洞的大石头回来。

宗喜的步伐很缓慢，当他的身影出现在村口，村里人立刻瞪大眼：

"啥这是啥玩意儿？"

"呵呵、呵呵。"宗喜顾得了脚下，就顾不上说话，只能呵呵地笑。

宗喜花了三天的工夫扛了一座令村里人纳闷的石头，又花了一天半的时间，将石头给竖立在荒地里。

广大的黄土荒地上，就孤伶伶地立着一个座椅似的大瓷石。

宗喜办妥这事之后，立刻跟他女人说："田地里，你好好顶替着俺，等俺爹回来一切都值得咧。"说完，宗喜又咧着嘴，喜滋滋地到城里去了。

"又干啥咧？"村里人见到宗喜，忍不住又嘲笑宗喜，"该不是又去城里扛石头回来呗？"

宗喜不在乎村里人说啥，他的脑子里只有他爹说的话。宗喜咧着嘴，踏着既颠预又颠簸的一双老腿儿，缓慢又急促地去城里找亲戚，想商请亲戚帮忙。

五天后，宗喜又回来了，这回他是踏着自己满地的汗水回来的。这回他的背上，背的既不是麦子也不是高粱，更不是上回的石头，而是一个有棱有角四方的大铁块。

"这又是啥？"

"呵呵、呵呵。"六十岁的老宗喜每走一步路，骨头就是一次闹分家。走走停停的宗喜，最后还是村里人看不下去，合力将四方大铁块给搬到他的宅院里去。

六十三岁的老宗喜得意地将四方的大铁块放在最醒眼的大院里，让每一个一进他家大门的客人，一眼就能看见太阳将大铁块晒出刺眼的光线来。

然后，宗喜的爹回到山东来了，宗喜赶忙又进城接爹去。

然而我那狗日的父亲一看到宗喜，就皱着眉头对宗喜说：

"宗啊！俺不回去咧，你来城里看爹就够了，咱老家那样脏，俺在城里走完亲戚就走咧。"

"爹，俺俺……您说的那两样东西，俺都买好了，您回来呗？您回家看一趟呗？"

拗不过我大哥宗喜的一片孝心，我那狗日的父亲终于第二次回到大石庄走亲。一进门，我狗日的父亲的眼睛，就教院子里矗立的那口大铁块的反射光给螫了一下。

"啥玩意儿？"我那狗日的父亲一时看不清。

"爹，这是冰箱，您上回不是说……"

我那狗日的父亲拉开冰箱，一股鱼肉腐烂的恶臭扑面而来——

"狗日的他奶奶、你他奶奶的狗日的！咋搞的？这是咋搞的！"

"这是借……不，是俺早些时候去城里买的……"宗喜看着爹，连话也讲不清了。

"他奶奶的，愚蠢！你到底是咋搞的呀，你脑筋是死的呀？！这儿单位不供电，你弄个冰箱干啥？弄来也就算了，你还自作聪明把冰箱摆在太阳下，你是没长脑袋

240

还是从小脑子就叫虫给刨出来吃了？！冰箱放在太阳底下，不就成了个大闷炉？气死俺了，俺咋会有个像你这样的儿！"

"爹您别气，俺不知……俺不知道会这样……"向亲戚借来的冰箱，宗喜花了五天好不容易运回家，本来是想让我那狗日的父亲吃一顿新鲜的饭菜，这会儿全玩完了。

"哎哟——"我爹突然捧着肚子，哎哎地叫着。

这一次我那狗日的父亲走亲戚的路上，啥病都找上门，伤寒感冒心悸全身发冷，赶着凑热闹似的，一个接着一个，全都在我狗日的父亲身上找到了发展的空间。

"爹您咋咧？"

"俺肚子闹疼，这会儿不行啦。"

宗喜一听，原本揪成一团的脸上，出现几根愉悦的线条：

"爹，您闹肚子疼闹对了，咱家的茅坑现在可是全村唯一最卫生、最干净的，那可是俺从城里托人买的马桶……"

"你他娘的，你老子都疼得慌了，还说个啥劲……唉呦……真他娘的疼死俺了，还不快领俺上茅厕。"我爹一手抱肚子，一手捂着屁股。

最后我那狗日的父亲终于在他儿子的搀扶下，坐上了全村最干净也最卫生的马桶。

那是一个竖立在一片荒芜的黄土上的马桶，而且重点是没有门。

"狗日的宗喜！"我那狗日的父亲坐在马桶上，恨恨地望着一堆村人切齿。

整村的人都来了，一层围着一层，大人抱小孩，小羊骑老驴，可热闹了，就为了欣赏一眼我那狗日的父亲坐马桶的英姿。

"来了，让让，水来了。"我狗日父亲的狗日种，李宗喜这会儿提着一桶水，穿越层层围观的畜生，然后驼着背，立在我狗日父亲的身旁，等着他狗日的父亲拉完屎，帮马桶冲水。

"狗日的马桶！"我那狗日的父亲又一切齿地说。

长途汽车的卧铺车上，每个人都睡了，车内的鼾声你推我我挤你比赛似的，将窗外的夜色全都给吓得退到好几丈远的树林后头，只剩几盏要亮不亮的霓虹灯，不知死活地划过车玻璃。

昏暗的灯光，在我那狗日的父亲的僵尸蜡黄的脸上，一下明一下暗地映闪，伴随着从睡着的几个大汉的嘴中、胳肢窝、胯下、臭脚丫子散发出的尿臊酸腐味，在密闭的长途汽车内，扭曲成一种矫揉造作的怪异神情。

我狗日的父亲突然嗯哼了一声，在梦里开骂了："他奶奶狗日的，狗日他奶奶的，老子、老子……那算哪门子的卫生……"

我那狗日的父亲心里一气，嘴巴一歪，突然从梦里坐起来了：

"俺要个卫生的茅厕，竟然就弄个没门的茅房给俺，狗日的……"我那狗日的父亲话没说完，又咕咚一声，倒在汽车的睡床上。

我那狗日的父亲脖子一歪，手一松，一颗跟了狗日的父亲八十多年的老门牙，掉落在正在朝菏泽狂奔而去的长途汽车上，无声无息。

我那狗日的父亲，今年八十有二，这是他最后一次走亲戚了。

后记
幸运女孩

　　我的手上有一把刀子。

　　这一切都得从《迷路的水手》开始说起。

　　那一年，我在创作的途中离了席，跑去和交往多年的男人结了婚，从此我的右手关节处，长出了一个像是刀子的东西，每天想要跟我搏斗的样子，它总是高昂地与我对峙。

　　从那时起，我的手就如同脱缰的野马，挣脱出我的控制，不停地在键盘上打滑，从前那些规规矩矩、有结构有情节有人物冲突的故事，再也与我无干。我手上的刀子成天威胁着我的手，在键盘上自己敲出一篇又一篇的作品，而《迷路的水手》就是众多作品里的第一篇。

随着创作的时间越长，刀子成长得越快，从水果刀，很快地长成了西瓜刀的模样，我的作品也一路从"水手"变成了"走电人"，然后又从做走电的变成"躺尸人"，我很怕不去管它，它会长成一把开山刀，切断我手腕的经脉，脱离与我的联结。

于是，趁它自立门户前，我跑去生孩子去了。

我是个非常幸运的女孩，这一怀孕生子，居然生了六年，而且成果非凡，陆续生养了三个孩子。

那段时间，手上的刀子，因为停滞敲打键盘，居然自己消失了，而我却再也回不了写作的边境了。

从此，我揣想着，就因为我是女孩，再加上足够的幸运，所以我才能幸运地怀上孩子，经历男人一辈子都不用体会的孕程，也幸运地遭遇产后大出血的命运，也因此我能比别人更深刻地体会生命的无价。

但，我也真是，太幸运了吧！

万一有一天，我失去了记忆，什么话都无法说出口时，我还会记得自己是个幸运女孩？

从小，我总是走在与众不同的道路上。

当我和邻居玩伴正玩到兴头时，玩伴的妈妈们总会扫兴地跳出来，赶着玩伴回家写功课，只有我没有，因为我母亲打从我有记忆开始，就不知跑哪儿去了。望着空荡荡的游戏场，我想，我真幸运，所有的游乐设施都是我的了，只是这个幸运总让我有泫然欲泣的想望，因为游戏场太空旷，而我太小。

当我母亲离家，父亲必须一个人独立照顾四个孩子时，我的父亲总对我特别关爱，除了我是最小的孩子之外，更重要的是四个孩子之中，只有我是女孩。

父亲对我最特别的是，哥哥们无论怎么在外头玩乐放纵，父亲都无所谓，只有我例外，我不能毫无节制地玩，甚至不能出门，我只能疯狂地打扫、洗碗以及做家事，如果问父亲为什么，父亲会说："因为你是女孩。"

我想，我还真幸运，就因为我是女孩？

有时当太多幸运降临在我身上，我会讨厌自己身为女孩的事实，然后我会对父亲咆哮：“为什么又是我？”

没有意外地，父亲会说："谁叫你是女孩，还有，注意你的态度。"

每每听父亲这样说，我总会有股冲动当着父亲的面，把我这身"女装"脱下来，还给父亲，然后对他说："我是男孩儿。"

但幸运的是，这是不可能的事。

就这样，一路从幼儿园、中学、专科，甚至到研究所，我从来没有脱离女孩的本分，也从来没尽兴地疯魔过，就像亮如白昼的夜市里，套圈圈的游戏一样，我彻底地被"女孩"这个圈圈给套牢了。

当这些降临在我身上的幸运渐渐变得沉重时，我不想再这样一直幸运下去了，于是我离家。

为了彻底地离开家，我在创作最丰沛的岁月，跑去结婚了。

我以为如此一来，终于可以脱下身上这套不合身的"女孩"服，随心所欲过日子了。然而婚后第三年，不知是太过幸运还是不幸，我怀孕了，而当初那个属于"女孩"的幸运金箍又回来了。

为了面对生命的大哉问："我是幸运女孩?"我决定努力地泅泳回到创作的岸边。

为了证实我真切地是个幸运的女孩，我开始在凌晨天还没亮，窗户外还透着黑的时候，越过三个还在昏睡中的孩子，摸黑来到书房，暗自松绑我手腕上的刀，让它恣意地生长着，长成它自己想要的样子。

于是，睽违将近十年杂草丛生的创作边境，在刀锋所到之处，劈砍出自己的人生，更多光怪陆离的职业，更多曲折荒谬的小人物，在幸运女孩手腕上的刀子挥舞下，再度启程，展开了自己的故事。

看着这些作品，看着自己一路走来的路径，我想，能在养育三个孩子的缝隙里，让创作的大刀恣意挥舞，我确实是幸运的。

在这一场名为女孩的人生旅途中，恐怕再没人比我更幸运了。

文
景
Horizon

社 科 新 知　文 艺 新 潮

走电人

李仪婷　著

出 品 人：姚映然
责任编辑：陈欢欢
营销编辑：杨　朗
封面设计：张岩 Chang-Yen
美术编辑：安克晨

出　　品：北京世纪文景文化传播有限责任公司
　　　　　（北京朝阳区东土城路8号林达大厦A座4A　100013）
出版发行：上海人民出版社
印　　刷：山东临沂新华印刷物流集团有限责任公司
制　　版：北京楠竹文化传播有限公司

开 本：890mm×1240mm　1/32
印 张：8　 字 数：106,000　 插 页：2
2024年6月第1版　2024年6月第1次印刷
定 价：56.00元
ISBN：978-7-208-18853-2 / I·2144

图书在版编目（CIP）数据

走电人 / 李仪婷著 . —上海：上海人民出版社，
2024
ISBN 978-7-208-18853-2

I. ①走… II. ①李… III. ①短篇小说—小说集—中
国—当代 IV. ① I247.7

中国国家版本馆 CIP 数据核字（2024）第 071675 号

本书如有印装错误，请致电本社更换　010-52187586

社科新知　文艺新潮　｜　与文景相遇

微信公众号	微　博	豆　瓣
bilibili	抖　音	小红书